小学语文教材「快乐读书吧」阅读书目

非洲
民间故事

李林静——主编

5
年级 上

四川人民出版社

图书在版编目（CIP）数据

非洲民间故事/李林静主编. —2版. —成都：
四川人民出版社，2021.2（2024.9重印）
ISBN 978-7-220-12197-5

Ⅰ. ①非… Ⅱ. ①李… Ⅲ. ①民间故事
—作品集—非洲 Ⅳ. ①I407.3

中国版本图书馆 CIP 数据核字（2020）第 267885 号

FEIZHOU MINJIAN GUSHI

非洲民间故事

李林静　主编

出 版 人	黄立新
策划组稿	张明辉
出版融合统筹	张明辉　袁　璐
责任编辑	王　雪
封面设计	象上设计
责任印制	祝　健

出版发行	四川人民出版社（成都三色路 238 号）
网　址	http://www.scpph.com
E-mail	scrmcbs@sina.com
新浪微博	@四川人民出版社
微信公众号	四川人民出版社
发行部业务电话	(028) 86361653　86361656
防盗版举报电话	(028) 86361653
照　排	四川胜翔数码印务设计有限公司
印　刷	哈尔滨市石桥印务有限公司
成品尺寸	170mm×240mm
印　张	10
字　数	126 千
版　次	2021 年 2 月第 2 版
印　次	2024 年 9 月第 4 次印刷
书　号	ISBN 978-7-220-12197-5
定　价	25.00 元

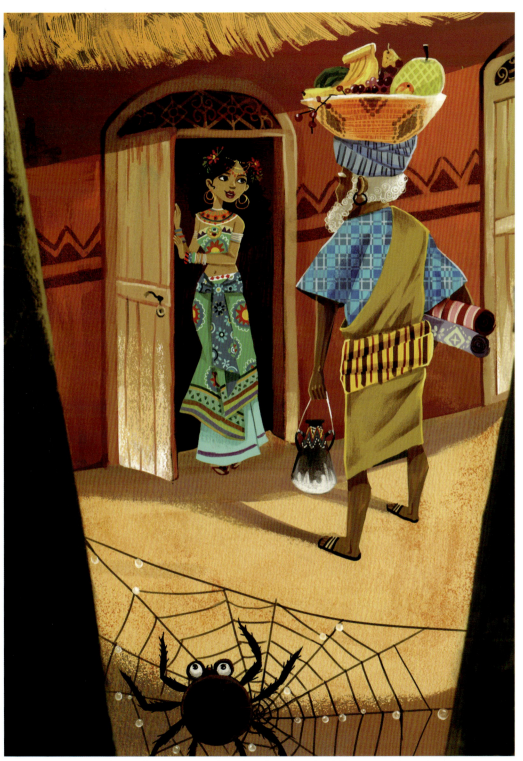

从膝盖里生出来的女儿漂亮活泼，与父亲一起过着简单而幸福的生活。

白鼻猴家族搭起高梯，凭着顽强的意志力，终于让一只小猴子攀到了月亮的衣领。

木匠的善良让他交了好运，得到了山洞里的金币，贪心最终让他失去了财富，变成了穷光蛋。

聪明的乌龟巧妙地制造了一场河马和大象的拔河比赛，打败了两个大力士。

善良的女孩得到大青蛙的帮助，穿上了华服，戴上了珠宝，最终获得了幸福的生活。

猎人的妻子和孩子不幸掉进了陷阱，狮子无情地要求猎人遵守约定。

序言
Preface

一个民族的阅读史，是一部民族精神和文化薪火相传的发展史。同样，一个人的精神面貌、思想深度以及发展潜力，也与阅读息息相关。作为曾经以活字印刷推动世界文明进程的东方古国，作为一直以深厚的文化底蕴影响世界的新兴强国，阅读是我们的底气所在。

"少年强则国强……少年雄于地球，则国雄于地球。" 对于肩负祖国未来希望，同时处于构建世界观、人生观以及价值观的关键时期的小学生而言，阅读更是一种培养健全人格、提升思维能力的重要途径。

想让小学生读有所获，不仅要提倡广泛阅读，更要根据小学生的实际情况精心选择书目，并且要引导小学生掌握科学的阅读方法，通过阅读撷取书中的精华，从而真正实现"开卷有益"。

基于上述认识，我们围绕小学语文课本策划了系列图书，始终坚持以下几个原则：

一、紧扣小学课本，精心选择书目

本系列图书以新版语文教材中要求阅读的书目为纲，围绕"素养、发展、能力"等多个核心，积极采纳知名教育专家建议，综合考虑小学生的身心成长规律，同时广泛征求长年在一线从事教学的名师意见，精心选择书目，让课堂内外的阅读教学相互交叉、渗透、融合，有效促进课内外阅读之间的互补互利。

二、因势利导，精心讲解阅读方法

好的阅读方法，能让阅读事半功倍。本书特别设立了阅读指导方案，从学生的实际情况出发，精心总结适合学生的阅读方法，不仅让学生读有所获，而且能够让学生形成良好的阅读习惯。

三、设置相关栏目，提升思维水平

每部经典书籍后面，都附有读书笔记和读后感以资学生借鉴模仿，在有效提升学生写作水平的同时，帮助学生把握书籍重点，明确阅读方向，进而因势利导、潜移默化地提升学生的思维水平及独立思考能力。

我们衷心希望，每个阅读这本书的孩子都能学会阅读，爱上阅读，并能养成一个终身受用的良好阅读习惯，为自己的人生奠定深厚的地基，建造属于自己的人生大厦！

编　者

❧ 阅读指导方案 ❧

一本好书，滋养一生。阅读会让孩子拥有丰富的心灵，拥有高级的快乐。孩子如果养成了阅读的好习惯，就更容易学会主动思考，更容易在学习中找到乐趣。阅读在汲取知识、砥砺成长、引导价值观念方面的功效在儿童时期尤为显著。阅读是对孩子自我提升的一种投资，对孩子来说可谓惠泽终生。

阅读并不难，关键是让孩子找到品质上乘、感兴趣的书。选择优秀的文学作品，掌握科学的阅读方法之后，阅读难题就迎刃而解了。

一

孩子如何去读一部作品

不少孩子在阅读一部作品的时候，往往会产生不知从何入手或者阅读之后没有任何收获的困扰。这些都是没有掌握阅读方法导致的。我们在阅读一部作品的时候，只有掌握了以下几个阅读要点，才能实现快速、高效的阅读。

1.了解故事情节

阅读其实并不难。孩子展开一部作品的时候，其实就是在"听"作者讲述一个故事。孩子被故事情节所吸引的时候，就会主动跟随作者"走"进书中，一起感受主人公的喜怒哀乐。例如，孩子在阅读《世界上最长的故事》这个故事的时候，如果读到那比努走进王宫，坐在席子上准备给国王讲故事这一情节时，能够去思索：那比努讲的世界上最长的故事会是怎样的呢……这就说明孩子已经具备了主动了解故事情节的意识。在这种探求欲的推动下，孩子就基本上学会了自主阅读。

2.了解人物

人物是故事的主体，因此了解人物，能够用自己的语言描述人物的性格，是学会阅读的一个飞跃。例如，读完《亚布拉尼和狮子》这个故事，如果孩子可以对其中的人物做出类似以下的评价：亚布拉尼是一个聪明善良的人——这说明孩子不仅了解人物，而且能够用自己的语言来概括人物的性格。孩子只要掌握了这一招，阅读必然就会更加轻松、快乐，也会有更多收获，语文成绩自然也会相应提高。

3.把握关键情节

学会把握关键情节是一个孩子学会阅读的重要阶段。一个会读书的孩子，会把读过的故事讲给父母或朋友听，而且能讲得绘声绘色，详略得当。他为什么可以做到呢？因为他能够抓住重点，把握关键情节。关键情节一般是主人公生死攸关的重要事件，一件事成败的关键时刻，等等。例如，在阅读《兔子的奴隶——大象》时，兔子在森林里对动物们说了一番大言不惭的话，大象从梅花鹿那儿听说后愤怒地到兔子家问罪，兔子装病诱导大象背它过去，这是整个故事发展的关键情节，这一情节提示孩子要把握之后的情节：兔子打扮得体体面面，打着一把遮阳伞，坐在大象背上一脸威严地出现在动物们面前，引来动物们的阵阵高呼。学会把握关键情节不仅有利于加快孩子的阅读速度，而且能够让孩子在阅读中获得更多的心得。

为了让孩子迅速掌握以上阅读要点，我们在征求多位一线教学名师的意见之后，在书中做了以下辅助工作：

❶ 绘制精美插图

本系列丛书的插图风格各异，与书籍的人物形象契合，可以引导学生直观地了解人物形象，更好地把握人物性格。

❷ 设置主人公档案册

在本书中，我们专门为主人公设置了"主人公档案册"，结合具体事例，将主人公的性格特征凝练地概括出来。通过具体事例了解主人公性格，是了解主人公基本、有效的方法。如果孩子学会自己为一本小说的主人公做档案，他一定会大有收获。

❸ 建立情节档案

为了帮助孩子把握关键情节，我们在书中设置了由"起因""经过""高潮""结局"等几个部分组成的"情节档案"。孩子如果能够自己学会整理情节档案，把以上几个部分用自己的思维"串"起来，那么肯定能够在短时间内成为阅读小能手。

二

做读书笔记的必要性

很多孩子在阅读完经典著作之后，往往感到没有什么收获，之所以出现这种现象，是因为很多孩子在阅读过程中，往往不知道阅读的重点，只顾观赏书中的"热闹"，忘记了撷取书中的精髓。

要想读有所获，最好的办法就是做一个"读书笔记"，这样可以引导孩子在阅读的过程中更加集中注意力，主动去思考，能够分析总结人物的性格特点，抓住阅读重点，了解主要内容，并能读懂文章背后的深意，能读有所悟，同时还可以引导孩子主动完成对语料的积累，运用到写作中去。

从以上几个要素入手，孩子不仅能加强对书籍内容的理解和记忆，掌握书籍的精髓，还能提升阅读与写作的能力。正所谓"不动笔墨不读书"，讲的就是这个道理。

三

如何写出一篇优秀的读后感

很多孩子反映读书的过程虽然很享受，但是写读后感的时候却很"痛苦"。那么，怎样才能轻松地写出一篇读后感呢？

事实上，读后感就是对读书笔记的延伸和充实。只要依照我们前文中提及的科学的阅读方法进行阅读，梳理总结阅读要点，在把握"人物""故事背景""关键情节""故事高潮""故事结局"这几部分主要内容的基础上，联系自己的生活实践，结合自己从文学作品当中得到的感悟，用自己的真情实感为文章润色，用活生生的例子充实文章，同时，还要用正确的人生观、世界观、价值观掌控文章方向，就可以轻松地写出一篇读后感来。

希望每个小学生在阅读实践中都能够结合自己的情况运用好这套方案，多读书，读好书，用知识夯实人生的根基，用书本敲开未来的大门。

目录
CONTENTS

猴子与河马

在亚马孙河里住着一只强壮的河马，它是森林里的国王，名叫拉拉黑。拉拉黑的个头大，胃口也大，一顿能吃下八只兔子。它还特别喜欢吃香蕉，尤其是一只名叫淘气包的猴子的香蕉林里的香蕉。

猴子淘气包就住在亚马孙河的对岸，它和拉拉黑国王算得上是邻居。

淘气包拥有一大片香蕉林。它善于打理香蕉林，所以香蕉林里的香蕉又多又美味。别处的猴子因为没有香蕉吃而挨饿，淘气包的香蕉却多得吃不完，它为此感到十分自豪。

河马拉拉黑虽然贵为国王，却有着和它的身份不相符的偷盗行径——总是到它的邻居淘气包那里去偷吃香蕉。

淘气包为了守护好香蕉林几乎不出门，寸步不离地看护着它的财产。

拉拉黑却不死心，它仗着自己是国王，动物们都听它的话，动起了歪脑筋。

这天，一群啄木鸟飞进香蕉林，名义上是来给树木看诊，其实是来探察淘气包的动向，而且还给淘气包带来了一个假消息。

"淘气包，我刚刚从你哥哥那里回来，它生了重病，你难道不想去看看它吗？"啄木鸟说。

淘气包听说哥哥生病了，很担心，二话没说就动身去看望哥哥。

等淘气包离开后，拉拉黑立即命令已经准备好的动物们来摘香蕉，它们把香蕉林里的香蕉一扫而光，就连刚刚结的新果都没有放过。

谎言总会被揭穿，淘气包见到了无恙的哥哥，立即明白过来——这是个阴谋。可是当它返回香蕉林时，看到的是一片狼藉，香蕉树上连一个小香蕉都没有了。

"唉！真是糟心哪！河马拉拉黑命令我们来扫荡你的香蕉林，让我们不放过任何一片香蕉叶，把一个好好的香蕉林糟蹋成这个样子。"一条蛇吐着芯子告诉了淘气包真相。

"真的是拉拉黑！这个可恶的国王！我不会放过它的，我要拿回我所有的香蕉！"淘气包气得大喊大叫。

蛇是一种狡猾多变的动物，它阳奉阴违的性格让很多动物都不喜欢，当它听淘气包说要去找拉拉黑算账，拿回所有的香蕉后，马上到拉拉黑面前打小报告，把淘气包的原话告诉了拉拉黑。

"这样看来，我明天应该隆重地召见它一次了。"拉拉黑沉下脸来说。

蛇来到香蕉林，告诉淘气包，拉拉黑国王明天要见它。淘气包却犹豫起来，它胆子并不大，本来也不想惹事，那天说的其实是气话。

可是，国王的命令已经下来了，它是一定要去的。为了出一口恶气，它想起了以前用来捕鸟的胶水，去拉拉黑家的时候，它带了很多胶水在身上。

"听说，你要到我这里来拿回所有的香蕉，有没有这回事？"河马拉拉黑问。

"国王陛下何出此言？这是您的领地，我淘气包以及我的香蕉林都是您的。"淘气包示弱道。

"这么说来，倒是我相信了那些鬼话，显得我胸襟狭小了。"拉拉黑听了淘气包的话很高兴，说，"坐下来吧，我们今天好好聊聊天，拉拉家常。"

拉拉黑命令淘气包坐在它的对面，并且让淘气包背对着成堆的香蕉，不能回头。

淘气包趁着国王不注意，拿出了胶水，开始在自己的后背涂抹起来。

"听它们讲，你的肚子里藏着很多好听的故事，有没有这回事？"拉拉黑问。

"是的，国王陛下，我确实知道不少稀奇古怪的故事，您想听吗？"淘气包说。

"当然，今天我就这么坐着，听听你讲故事。"拉拉黑说。

就这样，淘气包开始给拉拉黑讲故事。它讲了许多故事，在讲故事的时候，它又往背上涂了些胶水。

"这是一个愉快的上午，谢谢你的陪伴，谢谢你动听的故事。"拉拉黑对淘气包说，"现在你可以离开了，但是，请注意你的行为，我是国王，我需要被尊重。"

淘气包双手合十放在胸前，对国王表现得毕恭毕敬，它一直退着走出了拉拉黑的家，之后便开始一路狂奔，因为它的背上粘满了香蕉。

阴险的蛇发现了猴子淘气包的小计谋，它把这一切告诉了河马拉拉黑。

当河马拉拉黑知道猴子淘气包耍的心眼后，气得发狂，一个跟跄摔在自己家门口的石头上，死了。

猴子淘气包不畏强权维护自己利益的事情在森林里传开了，大家都对它刮目相看、赞叹不已。现在，森林里需要一位新国王，经过动物们的选举，淘气包被大家推上国王的宝座。因为淘气包这个名字不好听，它们就给猴子取了一个新名字——智慧之星。

猴子不负众望，它领导下的森林，充满了公平、和谐和友爱。

阅读心得

　　猴子被河马欺负后，采用巧妙的计策取胜，为自己赢得了尊严。当力量悬殊的两方进行比试的时候，如果硬碰硬，弱小者是没有优势的，所以要多多开动脑筋，凭借智慧来取胜。

膝盖生的女儿

从前，有一个孤苦伶仃的男人，他没有妻子，也没有孩子，一直独自生活。随着年龄的增长，他的身体越来越差。他马上就五十岁了，此时他体会到了没有妻子儿女的痛苦：当他生病的时候，没有人照顾他，病得起不来时，他甚至连一口水都喝不上。男人一直很羡慕有孩子的人，他虔诚地向上天祈祷："请赐给我一个孩子吧，为了得到孩子，我愿意付出任何代价，就算是让我身上长一个大脓包，每天都疼得吃不了饭，睡不着觉，我也愿意。"

几个月后，男人突然发现自己的左膝盖上长了一个小肿块。过了几天，这个肿块越长越大，变成了一个巨大的脓包。这脓包一碰就会剧烈地疼痛。男人被这脓包折磨得吃不下饭，睡不着觉，连路都没法走，只能每天待在家里。后来，男人觉得这样一直待在家里也不是办法，就找了一根银针，把脓包扎破了。脓水和血水混合在一起，一同从脓包里流了出来，等脓水流完后，一个漂亮的小女孩从脓包里钻了出来。男人这才意识到这是上天送给自己的女儿，他不由得喜极而泣，跪在地上感谢上天的恩赐。

从膝盖里生出来的女儿漂亮活泼，男人把她当成掌心里的宝，对她关心备至，每天都给她带很多好吃的东西回来。过了几年，女儿从一个可爱的小女孩长成了一个亭亭玉立的少女，男人对心爱的女儿更加疼爱了，他生怕自己不在家的时候有人来把她抢走。因此，男人找了个风景优美的地方，盖了一座无比坚固的房子，和女儿一起搬了进去。

这座房子是男人精心设计的，一共有十二扇门，从外面看这十二扇门没有什么区别，实际上只有其中一扇门能够打开，其他的门都无法进入房子。男人嘱咐女儿说："亲爱的女儿，为了你的安全，在我出门以后，无论谁敲门你都不能开，只有我叫你开门你才能开。"同时，父女俩定下了暗号，他们约定，男人每次回家时，都要说这样的话：

女儿啊，女儿啊，

爸爸的乖女儿！

爸爸带回了好吃的，

快快打开门。

就这样，男人和女儿在新房子里快乐地生活着。每天，男人都要外出工作，回家时，他都会按照约定说出暗号：

女儿啊，女儿啊，

爸爸的乖女儿！

爸爸带回了好吃的，

快快打开门。

女儿听见这个暗号就会跑过去，踩下门口的木棍，为爸爸开门，和爸爸一起享用美味的食物。

日子就这样一天天过去了，父女俩的生活过得简单而幸福。每天男人出门前，都会嘱咐女儿："除非听到我的声音，否则你千万不能开门，别人会把你抢走的。"女儿也会笑着回答："知道了，爸爸。"

这天中午，男人像往常一样带了许多好吃的回家，他一边敲门一边说着暗号。不一会儿，女儿打开了房门，将男人迎了进来。这一幕正好被在附近乞讨的蜘蛛看到了，蜘蛛看见这座奇怪的房子里藏着一个漂亮得像仙女一样的女孩子，十分震惊，它迫不及待地想要把这件奇怪的事告诉国王。

蜘蛛扭过头飞快地向王宫跑去，路上的人们见蜘蛛急匆匆的样子，都好奇地问："蜘蛛，蜘蛛，有什么急事呀，你跑得这么急？"蜘蛛一边跑一边说："没事，没事。"

蜘蛛气喘吁吁地跑到王宫里，顾不上休息就立刻把这件事告诉了国王："尊敬的国王陛下，我刚才看见一座奇怪的房子，它有十二扇门，在这座房子里，住着一个全天下最漂亮的少女。这个少女只有在她的爸爸回家时才会开门。所以谁都不知道她的存在。"

国王怀疑地问："蜘蛛先生，你说的都是真的吗？"

"千真万确，国王陛下，我愿意用性命担保，我说的每一句话都是真的。"

国王派几个仆人跟着蜘蛛去一探究竟。仆人们和蜘蛛一起来到这座房子前，他们偷偷地在附近藏了起来。中午时分，男人回来了，他敲了敲其中一扇门，说道：

女儿啊，女儿啊，

爸爸的乖女儿！

爸爸带回了好吃的，

快快打开门。

不一会儿，门吱呀一声打开了，一个如花似玉的少女出现在门口，她接过父亲手里的食物，亲热地拉着父亲进了屋，又随手关上了门。

仆人们回到王宫，把他们看到的事情一五一十地告诉了国王。国王这才相信蜘蛛说的话，他自言自语道："这天下真的有如此奇怪的房子和如此美丽的少女呀！总有一天我要把这个女孩弄到王宫里来。"

蜘蛛连忙说："国王陛下，既然您喜欢那个女孩，那我就去帮您把她弄到王宫里。请您再派几个仆人来帮我，我保证完成任务。"

于是国王派了几个仆人，跟蜘蛛一起来到那座奇怪的房子前。蜘蛛趁男人外出还没回来，敲了敲那扇真正的门，学着男人的声音说道：

女儿啊，女儿啊，

爸爸的乖女儿！

爸爸带回了好吃的，

快快打开门。

女孩听见敲门声和暗号，迫不及待地跑到了门口，可是她觉得这声音似乎和父亲平时的声音不太一样，所以没有立刻开门，而是站在门口犹豫着。蜘蛛见门没有开，就又敲了两下门，再次学着女孩父亲的声音说出了暗号。

在蜘蛛第三次敲门时，女孩觉得这声音听上去好像就是自己父亲的声音，她赶紧用脚踩了一下木棍，打开了门。几乎在同时，仆人们一股脑地冲进了房间，还没等女孩反应过来，就抱起她，把她放到了门外的马背上。

男人回来后，远远就看见房子的门敞开着，他心中有了不祥的预感，快步跑了进去，发现女儿不在屋里，他又疯了般跑出来，一边喊着女儿的名字，一边到处寻找。突然，天空中狂风大作，惊雷阵阵，下起了大雨，男人在风雨中不停地飞奔着，嘶声喊着女儿的名字，路边的荒草和树枝划破了他的衣服和皮肤，血从伤口流了出来，可他根本没有注意到这些，仍一刻不停地呼喊着，飞奔着，寻找着……不知道过了多久，也不知道跑了多远，男人终于再也支撑不下去了，他扑通一声倒在地上，晕了过去。

雨后，一个老婆婆在捡柴火时发现地上有许多血迹，她顺着血迹找了过去，发现地上躺着一个衣衫褴褛、满身是伤的男人。老婆婆吓了一跳，她叫道："天哪，这是魔鬼还是妖怪呀？"

男人被老婆婆的叫声惊醒了，他伤心地说："大娘，我不是魔鬼，也不是妖怪，我是个人。"

老婆婆见他一副失魂落魄的样子，便追问道："你为什么要躺在这里？你身上都是伤口，大雨也把你的衣服淋湿了，怎么不回家去？"

男人失落地说："大娘，我是一个命苦的人。我一个人孤零零地过了大半辈子，在我快五十岁的时候，我祈求上天赐给我一个孩子。后来，我的膝盖上长了一个脓包，这脓包里生出了一个可爱的小女孩，她是我这辈子最爱的人，我怕别人把她抢走，就把她藏在了自己修建的房子里。我们父女相依为命，却过得无比快活。可是好景不长，不知道谁偷听到了我和女儿约定好的暗号，模仿我的声音叫开了门，把我女儿抢走了。我回家后发现女儿不见了，立刻跑出来找，可还没有找到她，我自己先累得晕倒了。"说着，男人的眼中涌出了泪水。

老婆婆心中生出了恻隐之心，她说："你赶紧起来吧，我带你回家去。"说完，老婆婆将男人扶了起来，带着他回到了自己家。男人在老婆婆家洗了个热水澡，老婆婆帮他理了头发，拿出一套干净的衣服让他换上，又煮了美味的饭菜，让他填饱了肚子。接着，老婆婆给男人出主意说："你去找些鲜花来，走街串巷地卖花去，你一定要走遍每一个城市的每一条街巷，一边卖花一边寻找女儿。我相信只要你能坚持去找，一定会找到你的女儿。"

男人听从了老婆婆的话，他收集了许多漂亮的鲜花，向老婆婆告别："大娘，谢谢你的帮助。"

老婆婆说："你一定能找到你的女儿，老天会保佑你的。"

男人拿着满满一篮子鲜花，一边走一边叫卖：

卖花喽，卖花喽，

鲜艳漂亮的鲜花喽，

可怜的卖花人在找女儿，

女儿如鲜花一样娇美！

女儿啊，你若听到了，

快快出来见爸爸！

男人从一个城市走到了另一个城市，他走遍了城市的每一条街巷，每一条胡同，在每家每户的门前叫卖，期待着能够找到自己的女儿。篮子里的花卖完后，他就会去采一些新的花来，不辞辛苦地叫卖着，寻找着……

一个月过去了，男人已经走遍了全国所有的城市，都没有找到女儿，最后，他来到王宫前，大声地叫卖着：

卖花喽，卖花喽，

鲜艳漂亮的鲜花喽，

可怜的卖花人在找女儿，

女儿如鲜花一样娇美！

女儿啊，你若听到了，

快快出来见爸爸！

当叫卖声传到王宫里时，那个可怜的姑娘正躺在床上哭泣。自从到王宫后，她每天都以泪洗面，日夜不停地思念着自己的父亲。突然，她听到了楼下的叫卖声，这声音有些熟悉，似乎是自己父亲的声音。姑娘停止了哭泣，她不由得坐起来，竖起耳朵仔细地听。

女仆们见姑娘对这叫卖声很感兴趣，以为她是想买花，就急忙跑去向国王报告。自从姑娘来到王宫后，每天都躺在床上流泪，于是，国王命令女仆们精心照顾她，满足她的一切要求，一旦她停止哭泣，开始说话，就要立刻向他报告。

国王见女仆匆匆忙忙跑来，忙问："怎么？那姑娘说话了吗？"

"国王陛下，姑娘并没有说话，但是她不再哭了，她坐起来听一个卖花人的吆喝声，一定是想买花了。"女仆说。

国王立刻命令仆人将卖花人带到王宫中来。男人来到了姑娘住的地方依然不停地叫卖。

姑娘听见这叫卖声，立刻跳下了床，走到窗户边。女仆们急忙迎上来问道："我们帮你去买点花吧？卖花人就在楼下。"

姑娘说："我自己去买吧，你们不知道我想要什么。"

女仆们赶紧把这件事报告给了国王。国王说："这么长时间了，她每天都哭哭啼啼的，既然今天这么有兴致，那就随她吧。"

姑娘下了楼，走到院子里，呆呆地看着卖花人。男人看见自己的女儿，立刻扔下花篮，跑过去抱住她。父女二人紧紧地抱在一起大哭起来。女仆们看见这个场景，都觉得十分奇怪，她们互相看着，谁也不知道到底是怎么回事。

这时，国王走了过来，大喊道："你们两人怎么回事？为什么要抱头痛哭？"

姑娘说："这个卖花人是我的父亲，你们就是从他建的那座房子里把我抢走的。"

国王一听，立刻恭敬地朝着男人鞠了一躬，说道："非常对不起，希望您能谅解我们之前的冒昧。"

男人生气地说："我一直过着孤苦伶仃的生活，女儿的出生带给我无限的幸福和快乐。我们父女俩本来生活得很快乐，可是你们却活生生地把我们分开了，把我最爱的女儿抢走了。为了找女儿，我走遍了全国。失去女儿对我来说是世界上最痛苦的事。你就这样抢走了别人的女儿，这是一个国王该做的事吗？"

　　国王听了这些话，不但没有生气，反而一再道歉，请求男人的谅解。
国王说："为了表示我的歉意，我让您做官吧。"

　　"我不稀罕做官，我只要我的女儿。"男人答道。

　　"那我送您一座城市吧。"

　　"一座城市怎么比得上我的女儿，在我心里，我的女儿是无价的。"
男人拒绝了国王的提议。

　　国王恭敬地说："我真心想要娶您的女儿做妻子。看在上天的分上，
您就原谅我之前的过错，答应我的请求吧。"

　　男人思考了一会儿，他见国王说得很诚恳，看上去是真心喜欢女儿，
就点头答应了国王的请求。

国王和姑娘举行了盛大的婚礼。国王也如约送给了男人一座城市。从此，姑娘和男人都过上了幸福的生活。

阅 读 心 得

男人和女儿相依为命，女儿被抢走后他痛苦不堪，女儿也终日以泪洗面。父女俩历尽千辛万苦后终于重逢。父女之间的亲情令人感动。父母和子女间的亲情是世界上最无私、最长久的感情，它能够鼓舞人克服重重困难。

情 节 档 案

起因： 一个孤苦伶仃的男人通过向上天祈求，从膝盖里生出个可爱的女儿。男人为了保护女儿，修了座有十二扇门的房子，和女儿定下了开门的暗号。

经过： 一只蜘蛛无意中发现了漂亮的女儿，听到了他们之间的暗号，将这件事告诉了国王。国王想得到这个姑娘。蜘蛛带着国王的仆人，趁男人不在家时，模仿男人的声音叫开了门，抢走了女儿。

高潮： 男人在老婆婆的建议下，一边卖花一边走街串巷地寻找女儿。最终男人在王宫中找到了心爱的女儿。父女俩重逢后激动地抱头痛哭。

结局： 国王向男人道歉，并诚心求娶。男人原谅了国王，将女儿嫁给了国王。男人和女儿都过上了幸福的生活。

羚羊和蜘蛛

在一片广阔的森林里生活着许许多多的动物，包括一只羚羊和一只蜘蛛。它们虽然都住在森林里，却从来没有见过面。

一个阳光明媚的上午，羚羊正在森林里散步，突然有人说："一定要抓住它！"另一个人接着说："没错，这就是羚羊的脚印，它肯定还没走远，不能让它跑了。"羚羊知道这是猎人的声音，它吓得直哆嗦。

这时，猎人也发现了羚羊的身影，他们带着猎狗，拿着武器，正打算冲上来把它抓住。羚羊大叫了一声，扭头就跑。猎人们让猎狗先追上去，自己紧随其后，他们一边跑一边兴奋地喊着："哈哈，这只羚羊是我们的了！快点跑，别让它逃掉了！"

羚羊飞快地跑着，可猎狗和猎人穷追不舍，从早上一直追到了晚上。羚羊快要跑不动了，它看见路边有一只蜘蛛，就向它求救道："蜘蛛先生，救命啊！求求你救救我！"

蜘蛛急忙问道："羚羊先生，出什么事了？"

羚羊顾不上解释，它带着哭腔说："求求你了！救救我吧！"

蜘蛛见羚羊都快要哭出来了，赶紧把它带到一个白蚁窝旁边先躲了起来，又继续问道："羚羊先生，到底怎么了？"

惊魂未定的羚羊说："猎人，是猎人！还有猎狗一直在追我，马上就来了！"

蜘蛛胸有成竹地说："原来是这样，你放心吧，我会帮你的。"说完，它吐丝织网，用蜘蛛网盖住了羚羊的脚印。

不一会儿，猎人和猎狗追来了。猎人们看见地上的羚羊脚印上盖着厚厚的蜘蛛网，就说："这肯定是很久之前的脚印了，那只羚羊没往这边跑，我们再去别的地方找找吧。"说完，他们就离开了。

足足过了两天，猎人们都没有找到羚羊的踪影。其中一个猎人说："我有一个好主意，我们不要再这样漫无目的地找了，只要在森林里放一把火，羚羊肯定会跑出来的。"其他猎人也都认为这是个好办法，他们很快就放火烧了森林。

熊熊的烈火在森林中燃烧，羚羊一

下子慌了神，它对蜘蛛说："这下坏了，我们跑不掉了。"

蜘蛛不慌不忙地说："羚羊先生，别着急。你的跳跃能力那么强，肯定能跳过火苗逃出去的。"

羚羊想了想，觉得蜘蛛说得有理，它说："蜘蛛先生，我们一起逃吧。一起跳过这火焰，不能让猎人们得逞。"

蜘蛛的语气一下子低沉下来，它说："可惜我不会跳，没办法逃走。"

羚羊急忙说："蜘蛛先生，你可以待在我的耳朵里，我带你逃出去。只要我能跳过去，我们就都安全了。"

蜘蛛急忙爬到了羚羊的耳朵里。羚羊向后退了几步，使出了全身力气，"嗖"的一声跳过了火焰。趁猎人们还没反应过来，羚羊带着蜘蛛飞快地跑了。

等猎人们回过神来时，羚羊和蜘蛛早就没影了。

羚羊一鼓作气，跑了很远才停下来，它晃了晃脑袋，说："蜘蛛先生，你还好吗？"蜘蛛从羚羊的耳朵里爬了出来，说："我很安全，谢谢你，羚羊先生。"

阅 读 心 得

善良的蜘蛛帮助了素不相识的羚羊，也在危急关头得到了羚羊的帮助。总是帮助别人的人，在遇到困难时，也会获得别人的帮助。

驴和牛

从前，有一个名叫萨利的有钱人，他最大的愿望是能够听懂动物说的话。每天晚上，萨利都会虔诚地祈求上天帮他实现愿望。一旦听说哪儿有能听懂动物说话的人，无论有多远，萨利都会亲自前往，送上厚重的酬金求教。

日复一日，年复一年，萨利从未放弃过希望，他的虔诚终于感动了上天，上天决定满足他的愿望。一天早晨，公鸡在院子里"咯咯咯"地打鸣，萨利从睡梦中醒了过来。突然，他听见院子里传来了母鸡和公鸡的对话声。

"您的声音真嘹亮，您一打鸣，整个村子的人都能听见。"

"老实说，最近我的嗓子有些不舒服，不能用力叫。等我的嗓子好了，我的叫声全国都能听见！"

萨利突然意识到自己能听懂动物的话了，他喜出望外地跳了起来，从床上滚到了地上。他手忙脚乱地穿上衣服，虔诚地感谢上天终于让自己得偿所愿。接着，他又急忙把这个好消息告诉了妻子和孩子，大家都为他感到高兴。

　　一个燥热的中午，萨利在床上翻来覆去了许久，怎么也睡不着。他从床上坐了起来，拿着席子走到了院子里，找了个阴凉的地方躺了下来。院子的一角拴着一头牛和一头驴。萨利正躺着，突然听见牛对驴说："驴老弟，你太幸福了。大家把你照顾得无微不至，你喜欢吃什么大家就会让你吃什么，天热的时候，还会帮你洗澡。可是我呢？我每天都会被仆人赶到田里去，套上重重的犁，不停地犁地。我要是干得稍微慢一点，仆人就会用鞭子恶狠狠地抽我，有时候仆人心情不好，也会无缘无故地打我来出气。你看看我脖子上的肉瘤，这就是天天犁地磨出来的。更让人伤心的是，就算我再努力干活，仆人也不会给我吃好东西。每天我都忍受着这痛苦的生活，有时候我都觉得自己是个傻子。"

　　驴听了牛的话，振振有词地说道："在我看来，你就是太温顺了，他们才会这样对你。你设想一下，如果一开始他们给你套犁的时候，你就用角去顶他们，或者冲上去扑倒他们，那肯定没人敢亏待你了。你身强力壮，本应受到大家的尊敬，可是你软弱的行为却让你变成了现在这副受欺负的样子。我给你出个主意，下次你从田里回来时，如果他们还给你吃烂东西，你就用鼻子闻一下，然后再也不去碰那东西。相信我，你只要按我说的做，一定也能过上幸福的生活。到时候你再感谢我吧。"

　　牛诚恳地感谢了驴子，决定按照驴子说的试一试。这一切都被萨利听到了耳朵里。仆人像往常一样赶着牛去田里耕地，一直干到傍晚才回家。

晚上，牛见仆人又要带它去干活，就冲着仆人凶狠地吼叫起来，恶狠狠地扑向仆人。仆人被吓得跑出了院子，关上了院门。过了一会儿，仆人给牛送来糠当晚饭，牛看都不看一眼，站在那里一动不动。仆人觉得十分奇怪，他又打了一盆水放在牛面前，可牛还是一动不动。

隔天一大早，仆人去牵牛，发现前一晚的食物和水原封不动地放在原处。牛躺在地上，不住地呻吟着。仆人觉得牛一定是生病了，便决定让它休息一天，然后跑去将牛的情况告诉了萨利。萨利一听，立刻明白牛这是按照驴教的方法在做，于是，他对仆人说："既然牛生病了，那就用驴来代替它耕地吧，要是它不肯去，你就用鞭子狠狠地抽它。"

仆人来到院子里，给驴套上犁，用鞭子赶着它来到了田地里，让它像牛一样耕地。整整一天，驴一刻也不停地在田地里干活，只要一停下来，仆人就会用鞭子抽它。晚上回家后，劳累了一天的驴像一摊烂泥一样倒在了院子里。

萨利询问了仆人驴干活的情况，听了仆人的汇报后，会心地笑了。他心想："我倒要听听这头驴还要跟牛说些什么。"

驴躺在地上，一边喘着粗气一边问牛："牛老兄，今天你打算怎么做呢？"

牛不假思索地说："当然还不吃了，你教我的方法太有用了。今天我在树荫下睡了一整天，原来我可没这待遇，这还得好好感谢你呀。"

驴睁大了眼睛，瞪着牛："你今天倒是舒服了，可我却整整累了一天。我想告诉你，刚才我进门的时候，听见主人说，要是你今天还是不吃东西，就说明你已经病得没法干活了。他打算明天就把你送给屠夫，让他把你宰了卖钱。昨天你按照我说的去做了，说明你把我当成好朋友了，我既然听到了这些话，就不能不告诉你。现在，我再给你一个建议，如果他们再给你送来食物，你就狼吞虎咽地吃，把食物全部都吃掉。否则，明天你就要变成案板上的牛肉了。"听了驴的话，牛一下子愣住了，半天回不过神来。它心中对驴充满了感激，决定按照驴说的来做。等仆人将一盆糠送来时，牛大口大口地吃了起来，不一会儿就把一盆糠吃了个精光。

萨利一直在暗中观察着牛的行动，他见牛像疯了一样吃食物，心想："我们怎么对动物，动物心里都一清二楚，只是它们没法说出来告诉我们。我们懂得的道理，动物也都懂得，所以我们得像对自己一样对待动物。要用智慧来管理它们，而不是用武力来让它们屈服。"

想到这里，萨利急忙把仆人叫了过来，嘱咐他以后要精心地照料动物，不能再对它们使用暴力。

阅 读 心 得

　　萨利听懂了驴和牛的对话，也从它们的言行中领悟出善待动物的道理。动物和我们关系密切，它们和我们一样，能感受到快乐和痛苦，有基本的生存权利和生命尊严，所以我们应该善待动物，尊重生命。

三个商人

　　从前，有三个商人，他们正好都要到同一个地方去做生意。这三个商人都挣了些钱，但谁也算不上大富豪，因此都只能做些小买卖。

　　有一次，三个商人聚在一起聊天。其中一个商人说："像我们这样一直做小生意根本发不了大财，只有做大买卖才能行。我提议我们三个把自己的钱拿出来，放到一起当本钱，合伙去一个大城市开商店，赚的钱三个人平分。你们觉得行吗？"另外两个商人都觉得这是个发财的好办法，立刻同意了他的建议。

　　于是，三个商人把自己的钱都拿了出来，全部放在了一个布袋里，一同赶往东边的大城市。一路上，三个商人轮流背着装钱的布袋，日夜兼程，终于来到了一个大城市。一到城里，商人们就看见了一个饭店，他们觉得肚子有些饿了，便进去饱餐了一顿。吃完饭，他们又想洗个澡，就和饭店的老板商量说："老板，我们想洗个澡。麻烦你先帮我们保管一下钱袋。这个钱袋里的钱是我们三个人的，所以只有三个人同时在场的时候，你才能把钱袋交给其中一个人。"饭店的老板是个老婆婆，她接过了钱袋，答应了商人们的请求。

商人们打了水，在一个篱笆后开始洗澡。这时，其中一个商人说："这里没有肥皂，我们怎么能洗干净啊？不如我去跟老板借一个香皂来用吧，你们同意吗？"

另外两个人说："好，你赶紧去吧。"

这个商人穿好衣服，来到饭店里，对老板说："老板，现在把我们的钱袋还给我吧，我的两个伙伴让我来取的。"

老板拒绝了他的请求："我不能给你。你们不是说必须得三个人同时在的时候，才能把钱袋还给你们吗？现在你一个人在这儿，我怎么能给你呢？"

商人冲着篱笆里的两个人喊道："老板不肯给我呀，说你们不同意不能拿。"

其他两个人以为是老板不肯借香皂，便大声回应道："老板，我们同意了，你给他吧。"

于是，老板就把钱袋给了这个商人。这个商人接过钱袋，头也不回地离开了饭店。

两个正在洗澡的人见自己的同伴半天还没有回来，急忙穿上衣服来找他。他们听说钱袋已经被拿走了，急得团团转。他们生气地质问老板："我们不是说了必须得三个人同时在的时候才能拿钱袋吗？你怎么能把钱袋给他呢？"

老板委屈地说："刚才他问你们的时候，你们不是说你们同意了，让我给他吗？"

商人继续争辩道："我们说的是让你把香皂给他，没让你给钱袋呀！"商人和老板争辩了许久也没有结果，他们一气之下把饭店的老板告上了法庭，让法官来评评理。

商人同法官说："尊敬的法官大人，我们是外地的商人，我们钱袋里的钱是三个人一起凑的，本来打算拿这些钱来做生意。我们把钱袋交给老板保管时，嘱咐她一定要等三个人都在的时候才能把钱袋拿出来。后来我们洗澡时，发现没有香皂，就叫其中一个人去取。那个人说老板不肯给他，我们就大声告诉老板是我们让他去的。没想到，老板居然把钱袋给了他，现在我们两个连一分钱都没有，在这里又举目无亲，无处可去。希望法官大人为我们做主。"

法官问老板："他们说的是事实吗？"

老板犹豫了一下，说："他们说的都是事实。"

于是，法官下令让老板把钱袋找回来还给商人，否则就要治老板的罪。

老板又生气又委屈，她不知道自己该去哪儿找钱袋。于是，她和法官说明了情况，想让法官重新判决。但是法官坚持认为这件事是她的责任。

回家的路上，老板越想越觉得委屈，她坐在路边，"呜呜"地哭了起来。这时，一个乡村教师从路边经过，他见老板哭得很伤心，就上前问道："老婆婆，您为什么哭哇，是遇到什么伤心的事了吗？"老板一五一十地把事情的经过向乡村教师讲了一遍。

乡村教师听后，思考了片刻，说："老婆婆，我给您出个主意。您现在就回法官那儿，说钱袋找到了，但是只有他们三个同时在的时候，您才能把钱袋还给他们。"

老板听了乡村教师的建议，立刻跑回了法庭，同法官说："法官大人，我已经找回钱袋了。但是之前我答应过他们，必须得三个人同时在场的时候才能把钱袋还回去，所以请您通知他们来取钱袋吧。"

法官叫来了两个商人，说："你们去把你们的同伴找回来吧，只要你们三个都到了，老板就把钱袋交给你们。"

两个商人说："法官大人，他早就不知道跑到哪儿去了，您让我们上哪儿去找哇。"

法官说："两位先生，现在我建议你们，最好马上离开这座城市，去找骗你们钱的同伴。要是还敢再找老板的麻烦，那我就要治你们的罪了！"之后，法官转过头对老板说："现在没你的事了，你走吧。"

老板高兴地离开了法庭，回了家。

阅 读 心 得

　　两个商人因为轻信他人和疏忽大意被同伴欺骗，但他们没有意识到自己的错误，反而一味地将责任推到别人身上，把饭店老板告上了法庭，最后不但没有拿回钱袋，还被法官赶出了城市。做错了事要先检讨自己，不能一味推卸责任。

乌龟和蜥蜴

乌龟家里有几个嗷嗷待哺的孩子，今年遇到粮食歉收，为了让几个孩子有东西吃，乌龟拿出前几年的积蓄到纳雅卡亚的市场上买了一袋子玉米。

乌龟的家离市场很远，要经过一条河、一片沙漠。乌龟几经辛苦，驮着这袋玉米回家，眼看离家越来越近了。可就在这时候，路上出现一棵倒着的树，树干很粗，挡住了路。乌龟想了又想，决定先把玉米袋子扔过去，自己再从树干上爬过去。

它用背把玉米袋子一点点地推上树干，再踮起脚来，推了一把，玉米袋子顺利地掉到了树干的另一边。

"哎哟！谁丢东西砸我？"树干那边一个声音大叫道。

"对不起，是我，乌龟，我不知道我的玉米会砸到你。"乌龟一边回答着，一边赶忙爬过树干，却看到村里的无赖——蜥蜴。

蜥蜴的双手牢牢抓住玉米袋子，仿佛这袋玉米是它的。

"真对不起，蜥蜴老弟，我没有想到我的玉米袋子会砸到你。"乌龟再次道歉。

"什么？这是你的玉米吗？怎么能够证明？袋子上写了你的名字吗？"蜥蜴换了一副嘴脸说，"对我来说，我感觉是老天爷厚爱我，我一没偷二没抢，天上掉下来的食物，不要白不要。"

"老弟，这真是我辛辛苦苦从市场上买来的玉米，我家几个孩子几天没有吃饭了。"乌龟央求道。

可是，蜥蜴毫不理会，它背着玉米，一溜烟地跑回家了。

乌龟气得直跺脚，却毫无办法，只好先回家去。

乌龟决定去蜥蜴家，为自己的孩子讨回那些口粮。

可是，它和蜥蜴说了半天，蜥蜴一点都不松口，连一颗玉米都不肯还给乌龟。

乌龟并不泄气，第三天，它又来找蜥蜴讨公道，正好遇到蜥蜴爬进地洞，洞外还留着一条长长的尾巴。

乌龟赶上前去，一把抓住了蜥蜴的尾巴，从口袋里拿出一把刀，迅速地把蜥蜴的尾巴砍了下来。蜥蜴疼得受不了，钻进洞里包扎去了。

乌龟拖着蜥蜴的尾巴回了家，把尾巴放到锅里煮熟，分给孩子们吃。

蜥蜴没有了尾巴，十分羞恼，就怒气冲冲地去找酋长告状。

"酋长先生，您瞧一瞧，我的尾巴被可恶的乌龟砍掉了，您要为我做主哇！"蜥蜴说。

此时乌龟也来到了酋长家，它对着蜥蜴反驳道："真的是你的尾巴吗？尾巴上并没有署名啊！我觉得是老天爷可怜我的孩子们，赏赐了一条尾巴给它们充饥。除此以外，我没有什么好解释的。"

"那是我的尾巴，你要赔我尾巴！"蜥蜴哭丧着脸说。

"酋长先生，就在前几天，我的一袋玉米掉在蜥蜴的身上，它立即把玉米占为己有，拒不归还。现在，我只是以其人之道还治其人之身罢了。现在，我觉得我们两个扯平了，我不欠它任何东西。"乌龟振振有词。

介于这种情况，酋长什么话也没有说，不再理会蜥蜴，让乌龟回家了。

蜥蜴巧取豪夺，得到乌龟的一袋玉米，却被乌龟割掉了尾巴。这个故事告诉我们，通过不正当手段获得利益的人，最终往往要吃大亏。我们要记住："君子爱财，取之有道"。

猫和老鼠

在一个小村子旁边，长着一棵猴面包树。这棵树的树干是空心的，里头住着一只猫。有一只老鼠经常跑到树下玩。猫总是想抓住这只老鼠，可是一直没有机会。

猴面包树结了很多又大又甜的果子，果子成熟时，农夫会把这些果子摘下来卖钱。但是每天晚上，猫都会偷偷地跑出来，偷吃树上的果子。更可恶的是，猫总是吃一半扔一半，糟蹋的比吃掉的还多。农夫看见满地的残果痛心不已。为了抓住偷吃果子的贼，农夫悄悄在树下布了一张网。

这天早上，猫在树上看见老鼠跑了过来，就跳了下去，想要把老鼠逮住，没想到正好跳进了农夫的网里。猫使劲挣扎着想要跑出去，网却越裹越紧。老鼠看见猫掉进陷阱，高兴地跳起舞来。

这时，地上的一条蛇朝着猫爬了过来，想要吃掉它。天上的一只老鹰看见了落网的猫，也直直地飞了下来，想分一杯羹。老鼠心中突然生出了恻隐之心，它对猫说："如果我救了你，你能保证不伤害我吗？"

猫感激地说："只要你救我，今后我们就是生死之交的兄弟。我绝对不会伤害你的！"

老鼠犹豫地说："从古到今，猫和老鼠都是天敌，猫抓老鼠是天性。我不敢轻信你的话，所以我得先试一试。一会儿我会钻到网里去，你可以用你的爪子够到我，我要试试你会怎么对我。但是你要知道，如果你伤害了我，你也会没命的！"

猫一口答应了下来。老鼠钻到了网中，在猫的脚下跑来跑去。猫始终一动不动地看着它。这时，蛇和老鹰都靠近了猫，蛇伸出了舌头，老鹰也发出了令人害怕的叫声。猫急忙说："鼠兄弟，请你快点把网咬破救救我吧。我这辈子都不会忘记你的恩情的。"

老鼠说："你稍等一下，这网实在是太硬了，一下子咬不断。"说完，它张开嘴，装模作样地咬了起来。原来，老鼠还是不相信猫的承诺，它担心猫重获自由后会把自己吃掉，于是打算先慢慢地咬，等农夫来了再使劲，这样，猫就会只顾着躲农夫，没法追自己了。

猫焦急地看着老鼠，哀求道："求求你了，鼠兄弟，你快点咬吧。要是农夫来了我就没命了。"

老鼠不紧不慢地说："我已经在救你了。这世上会救猫的老鼠恐怕只有我了。"

正说着，农夫拿着刀从远处走了过来。猫心急如焚地催促道："农夫来了，农夫来了！求你快点吧！"

老鼠开始使劲咬，不一会儿就把网咬破了，猫飞一般地从网里跑了出来，躲到了附近的庄稼地里。老鼠也飞快地逃回了洞里，蛇和老鹰也溜走了。

农夫见网被咬了个洞，摇了摇头说："唉，看来这个方法不行，明天我得换个法子才行。"他收起了破网，失望地离开了。

第二天，猫跑到了老鼠门口，冲着洞里喊道："鼠兄弟，我是猫。你救了我，现在咱们已经是好朋友了，你快出来吧，咱们聊聊天。"

老鼠大笑起来，说："我不会出去的。昨天我是看你太可怜了才会救你，没指望跟你当朋友。现在你已经没有危险了，不用再说这种假惺惺的话了。老鼠和猫是水火不容的，永远不可能成为朋友。"

猫没有走，依然站在门口说："亲爱的朋友，你相信我吧。我真的把你当朋友。今后我们一起生活吧，我不仅不会伤害你，还会保护你，谁要是敢欺负你，我就去收拾它。"

老鼠被猫的话感动了，它相信了猫的承诺，小心翼翼地从洞里走了出来。它试探着在猫的身边跑来跑去，猫始终一动不动。这下，老鼠才放下心来，它说："猫大哥，你还真是个守信用的人。"

猫告诉老鼠，自己在树洞里存了一些粮食。老鼠告诉猫，自己也在洞里存了一些好吃的，有棕榈果，有饼，有肉，还有奶酪和小米，这些食物足够它吃好几年。猫好奇地问："你从哪儿弄到这些东西的？"老鼠答道："从地里呀。每天农夫干活时，他的妻子都会送饭。饭一送来我就会跑过去偷吃，先吃饱肚子，再带一些回来。每天我都能带回许多好吃的，现在洞里的食物已经堆成小山了。"猫建议道："我们都回去拿些食物来，把这些食物藏起来过冬用吧。"老鼠同意了它的建议。

老鼠和猫带着食物找了很多地方，一直没有找到合适的地点。这时猫说："我觉得古寺大门后面那个地方不错，不如我们就把食物藏到那儿去吧。"于是，猫和老鼠都把食物放到了古寺的门后，仔细地藏好后，才放心地回了家。

过了几天，猫把树洞里剩下的食物吃光了，它想起了藏在古寺门后的食物。于是，它对老鼠说："我住在城里的姐姐生孩子了，它邀请我去参加孩子的取名典礼，所以我得出一趟门。"

老鼠说："你去吧！记得回来的时候给我带些好吃的。"

猫说："亲爱的朋友，放心吧，我肯定会想着你的。"说完，它偷偷地溜到了藏食物的地方，美美地吃了一顿，吃饱后又睡了一大觉。等猫睡醒时，天已经黑了，它赶紧跑回了家。

老鼠看见猫回来了，以为它给自己带了好吃的，便高兴地问道："你的姐姐生了个小公猫还是小母猫？"

"公猫。"猫答道。

"给它起了个什么名字？"老鼠又问道。

"困难还没开始。"猫随口说道。

"这个名字怎么这么奇怪？你们猫都是这么起名字的吗？"老鼠好奇地问。

猫不耐烦地说："这哪里奇怪了，不然叫什么？难道你们老鼠取名字会叫'小偷的后代'吗？"

老鼠见猫一副不高兴的样子，便不再追问。又过了两天，猫告诉老鼠自己的另外一个姐姐也生孩子了，还得去参加取名典礼。老鼠说："你去吧。不过这次要记得给我带些好吃的回来。上次你就忘了给我带。"

猫说："那儿也没有什么好吃的。我尽量给你拿些肉干回来吧。"

猫再次跑到了古寺大门后，饱餐了一顿，又美美地睡了一觉，一直到晚上才回家。

一见到猫，老鼠就问："这次你没忘给我带吃的吧？"

猫假装没听见，头也不回地往前走。老鼠又问道："这次的孩子叫什么名字？"

猫说："昨天和今天都没剩下东西。"

老鼠觉得更奇怪了，说道："我从来没听过这种名字。"

猫不再回答。过了几天，猫又骗老鼠说要去参加小猫的取名典礼，它跑到藏食物的地方，把所有食物都吃掉了。

这次老鼠问孩子的名字时，猫毫不犹豫地说："全没有了。"老鼠虽然觉得奇怪，却没有再问什么。

从此之后，猫再也没有去参加过取名典礼。

过了一段时间，冬天来了，老鼠对猫说："我们去把过冬的食物拿回来吧。"猫不情愿地跟着老鼠，向古寺走去。一路上，猫一直向老鼠暗示说自己生活得很不容易。

到了古寺，老鼠发现所有食物都不见了，它看见猫心虚的样子，一下子明白了过来。老鼠愤怒地说："原来你一直在欺骗我。第一次你说孩子叫'困难还没开始'，第二次你说孩子叫'昨天和今天都没剩下东西'，第三次你说叫什么来着？叫……"

还没等老鼠说完，猫就恶狠狠地说道："你给我闭嘴！你要是再敢啰唆，我就不客气了！"

"全没有了。"老鼠看着猫凶神恶煞的样子，喃喃地说出了最后一个名字。

猫一下子冲了过去，一口把老鼠咬死了。

阅 读 心 得

善良的老鼠救了猫，还轻信了猫的承诺，和它一起把食物贮藏起来。狡猾的猫本性难移，它欺骗老鼠，偷吃了它们一起藏起来的所有的食物，还杀死了老鼠。善良是一种优秀的品质，但是面对陌生人，一定要懂得辨别真假，以免被花言巧语蒙骗。

鼓的故事

很久以前，在几内亚比热戈斯群岛住着一个庞大的猴子家族，这些猴子与其他猴子长得不一样，它们都有白色的鼻子。白鼻猴家族有一个理想，就是要攀登到月亮上去，并且把月亮带回大地上来。为了这个理想，一代代白鼻猴努力着。

一天，猴子们又聚集在一起开会，商讨如何登到月亮上去的事，突然，一只小猴子跳到中间说："咱们这么多猴子，为什么不来个接力呢？"

猴子们问："该怎么接力呢？"

"一个站在一个的肩膀上，叠加的高度，就能够到月亮了。"小猴子说。

猴子们一听，确实是个好主意。于是，猴子们搭起了高梯，它们挑选最结实强壮的猴子站在最底层，然后另一只猴子踩在它的肩膀上，这样"猴梯"就搭起来了……可是，随着搭层越来越高，底下的猴子受不了了；底下的猴子一松懈，上面的猴子稀里哗啦全部掉了下来。

但是，这些猴子有着顽强的意志力，它们不气馁，不断总结经验，渐渐地，有几次碰触到了月亮的边缘，这让它们信心倍增。后来，最小的一只猴子一把抓住了月亮的领子。月亮发现了它，伸出双手把它拉了上去。

月亮本来很孤独，小猴子的出现给它带来了欢乐，因此，月亮送了一面小鼓给它。小猴子每天鼓不离手，敲得越来越好听。

随着时间的推移，小猴子开始想家了，它想念家乡的香蕉、杧果、棕榈树和金合欢树，还有猴爸爸、猴妈妈。它和月亮诉说它的思念之情，并邀请月亮和它一起回去。

"我有自己的岗位和职责，不能和你一起去往大地。"月亮摇着头说，"但是我有办法送你回家。"

月亮拿出一根很长很长的绳子，把鼓系在绳子一端，让小猴子坐在鼓上面。它叮嘱小猴子："你要坐稳，我用绳子慢慢把你放到地面上。等你安全到达地面，就敲起鼓来，我听到鼓声，就会把绳子割断。千万记住，在到达地面之前，你不能敲鼓，否则会送命的。"

小猴子坐在鼓上，一点一点地往下降，迎面吹着习习凉风，还能看见漫天的星星，这种感觉非常美好。它想："要是来点鼓声就完美了。"但是这时它想起了月亮的话，忍住了。等到路程过半，离月亮越来越远的时候，小猴子能隐约看见地面的美景了，它内心激动起来，心想："都已经这么远了，我就小声敲一敲，月亮应该听不到吧。"于是，小猴子轻轻地敲起了鼓。

可是，鼓的声音被风带到了月亮的耳朵里，月亮听到了鼓声，以为小猴子安全到家了，于是就把绳子割断了。

可怜的小猴子，以比风还要快的速度掉了下去，掉到了它出生的岛屿上，奄奄一息地躺在地上。一个小女孩正好在采摘野草莓，她试图救它，可是没有救活。

"我的这面鼓，请你拿着，它的声音很动听，把它交给岛上的男人们。"这是小猴子留下的最后一句话。

　　小女孩安葬了这只小猴子，然后把这件事告诉了岛上所有的男人。男人们纷纷敲起鼓，奔走相告，慢慢地就把好听的鼓声传遍整个非洲大地。后来，因为喜欢鼓的声音、鼓的节奏，人们仿制出好多好多鼓，每当举行节日庆典或者其他欢乐时刻，大家都会敲起鼓来庆祝。他们还给鼓取了个好听的名字：巴图克。

阅 读 心 得

　　月亮送小猴子回家前，叮嘱它半途别敲鼓，否则就会断送性命。小猴子没有听从月亮的叮嘱，怀着侥幸心理敲起了鼓，结果真的丢了性命。小猴子的悲剧提醒我们要听从他人的忠告，信守约定，不要心存侥幸。

贪心的木匠

从前，在卡塔戈有一个手艺高超的木匠，他最擅长做椅子，他做的椅子既美观又耐用，人们都称他为"椅子大师"。木匠有一个五岁的小女儿，她的名字叫哈利玛。和其他小孩子一样，哈利玛对周围所有的事都感到好奇，总是提出一些连父母都不知道怎么回答的问题。

这天早上，木匠正在门口锯木头。哈利玛跑了过来，说："爸爸，妈妈在野外看见一只黑猫，她说这猫是家猫，可是她又不知道猫的名字，您说她说得对吗？"

木匠放下手中的活计，打算告诉女儿家猫和野猫都是猫。可是还没等他说话，哈利玛又问道："爸爸，舅舅说大象会飞到天上去旅行，它们热得出了汗，汗水流下来就会变成雨水，这是真的吗？"木匠听了这些充满了童真的问题，不由得哈哈大笑起来。还没等他回答，哈利玛又问道："爸爸，您是我祖母生出来的吗？"

哈利玛缠着木匠问东问西，问得他没法好好干活。于是，木匠对女儿说："你先去跟其他孩子一起玩吧，等我忙完了再回答你的问题。"

哈利玛笑着说："好的，爸爸，那我先去玩了。您干活吧。再见了，爸爸。"说完，她蹦蹦跳跳地出了门。一出门，哈利玛就看见一群孩子正追着一个矮个子的人跑，他们一边跑一边喊："小矮子，小矮子！"

善良的哈利玛不想让大家取笑矮个子，她大声地说："矮个子先生！矮个子先生！请您过来一下，我爸爸找您有事。"

矮个子听见哈利玛的叫声，就冲着她跑了过来。这时，哈利玛才看清了矮个子的模样，他长得比哈利玛高不了多少，背后背着一个大大的草编袋子，袋子里还装着一个小纸人。哈利玛见这纸人的样子和自己很像，吓得跑回了院子里，抱着父亲哭了起来。

矮个子也进到了院子里，他走到木匠面前，跪下来恭恭敬敬地问道："先生，您女儿说您找我有事，请问有什么事呢？"

木匠急忙把矮个子扶了起来，让他坐在椅子上，又拿来一些点心给他吃。木匠说："您是我女儿的客人，是她邀请您来做客的，我没有什么事。我们都祝福您。"

矮个子急忙向木匠道谢，他从袋子里拿出小纸人和几个糖果，递给了哈利玛。哈利玛这才停止了哭泣，她接过纸人和糖果，对着矮个子鞠了一躬，向他道谢。

从此以后，每次矮个子路过时都会送给哈利玛一些小礼物。一开始，哈利玛还有些害羞，不好意思收，后来，她渐渐也习惯了，矮个子送什么，她就收什么。不忙的时候，木匠也会邀请矮个子到家中坐一坐。这时，哈利玛就会爬到矮个子的腿上，和他聊天。不论哈利玛提出多奇怪的问题，矮个子都会耐心地回答。

有一次，哈利玛问矮个子："您的草编袋子里都装了什么东西呀？"矮个子答道："都是好吃的，有糖果、烤肉和大饼。"哈利玛又问道："您有妻子吗？您的妻子在哪儿啊？"矮个子指指天上飞的老鹰，回答说："我的妻子飞走了。"哈利玛被逗得哈哈大笑。后来，一看见老鹰，哈利玛就会说："快看，那是矮个子先生的妻子回来了。"有一次，哈利玛甚至担心地问自己的妈妈："妈妈，你会像矮个子的妻子一样飞到空中去吗？"听了这个奇怪的问题，妈妈哭笑不得。

谁也不知道，这矮个子先生并不是一个普通人，他是一个魔法师。一天早上，矮个子背着大包来到木匠家，偷偷地和木匠说："我要回家了，我的家在一个很遥远的地方。如果哈利玛问起来，您就告诉她我像我妻子一样飞走了。如果她问我什么时候回来，您就说明天回来。"

这段时间，哈利玛和矮个子经常在一起玩，现在女儿要失去一个好朋友了，木匠替女儿觉得有些可惜。他从屋里找出一件半新不旧的长袍给了哈利玛，让她去送给矮个子。哈利玛拿着长袍，蹦蹦跳跳地走了过去，把它送给了矮个子先生。见矮个子收下了自己的礼物，哈利玛高兴得直拍手。

矮个子也有些舍不得哈利玛，他看着她天真活泼的样子，眼中溢出了泪水。这次，矮个子在木匠家里待了一整天。木匠让妻子做了满满一桌好吃的给矮个子送行。临别时，矮个子让木匠送送自己，木匠一口答应了下来。

木匠陪着矮个子走出了村子，走过了一片草地，来到了一座大山下。这时，矮个子在一个大石头前停住了脚步，他同木匠说："善良的人自然会交好运的，您觉得对吗？"

"没错！"木匠答道。

矮个子接着说："在这个村子里，我和你们一家成了好朋友。哈利玛的所作所为让我很感动，虽然一开始她有些害怕我，但是现在她已经跟我无话不说了。我也很感激您的热情招待，每次我去做客，您都竭尽所能地招待我。现在，是我报答你们的时候了。我的外表很不起眼，甚至有些难看，所以我经受了许多磨难。但是您和您的女儿都是善良的人，你们不以貌取人，愿意和我这样的人做朋友，上天会保佑你们的。"说完，矮个子扒开石头下的草，对着石头吹了几口气，地上突然冒出了一股青烟。

木匠惊呆了，他愣愣地站在一边，看着矮个子对着石头喊道："金山开门！"石头缓缓地移动了，露出了一个大山洞，洞里隐隐约约有光透出来。木匠凑近一看，不由得张大了嘴巴，原来这山洞中堆满了金灿灿的金币。木匠惊得半天说不出话来。

矮个子拍了拍木匠的肩膀，说："这就是我对您的回报。这个金库里的金币都属于您了，但是有一个规定：您每次来都只能带走一个金币。您大可放心，这里的金币是源源不断的，这辈子您每天都可以来取一个金币。等哈利玛长大成家后，她可以接替您来取金币。这个金库可以保证你们这辈子都衣食无忧。"

木匠感激地跪了下来，他一边磕头一边说："太感谢您了，如果之前我们有亏待您的地方，还请见谅。"

矮个子扶起木匠，笑着说："您不用客气。今后您随时可以来取金币。没有人知道这里的

秘密。每次您来的时候，只要扒开石头下的草，喊一声'金山开门'就可以了。这洞里有长明灯，就算是您晚上来也不怕看不见。请您放心地拿吧，不要觉得不好意思。但是我还得再提醒您一下，每次只能取走一个金币。今天，您就可以取走第一个金币了。"说着，矮个子指了指地上的金币。

木匠弯下腰，捡起了一个金币，跟着矮个子出了山洞。矮个子转过头来，对着石头说："山门关闭。"石头又缓缓地移动到了洞口，把山洞的门堵得严严实实。

接着，矮个子对木匠说："好了，现在到了分别的时候了，我该走了。"木匠热情地拉着矮个子的手，再次向他道谢。

木匠回家后，迫不及待地把刚才的经历告诉了自己的妻子，他拿出金币来让妻子看，夫妻俩摸着金币，高兴得一整夜都没有睡着。

第二天，木匠按照矮个子叫门的方法，又在山洞中取了一个金币。就这样过了一阵子，木匠积攒了许多金币。他用这些金币盖了一座富丽堂皇的房子。这房子有两层，四面一共有十二个门，房子前还有宽敞的大院子。从此以后，木匠再也不用做椅子了，他把做木工的工具全部卖掉了。

又过了一段时间，木匠买了一大片土地和许多牛羊，成了远近闻名的大富豪。他雇了许多仆人来伺候自己，无论是吃的穿的，还是用的，都要买最好的。人们渐渐忘记了木匠那个"椅子大师"的称号，每次见面都恭恭敬敬地称他为"老爷"。

不久，木匠又买了十二匹马。他整天带着仆人，骑着马四处游玩。人们都觉得很奇怪，木匠不再做椅子，也没有做别的生意，可是他的钱却越来越多，这些钱都是从哪儿来的呢？一开始人们对他心怀嫉妒，偷偷地在背后说他的坏话，后来越来越多的人开始拍木匠的马屁，就连酋长也开始巴结木匠，想要从他那儿得些好处。

木匠也渐渐变得自大起来，他一想到自己拥有无穷无尽的财产，就满心欢喜。很快，木匠开始琢磨起金币的事情来，他想："我每天都得跑一趟山洞，每次都只能拿回一个金币，这实在是太麻烦了。而且现在家里的开销大了，一个金币也不够花了。不如明天我试着拿两个金币吧。虽然矮个子先生说不能这样，但是一次只拿一个金币实在是太少了。"

第二天，木匠来到山洞里，带走了两个金币。他心惊胆战地度过了一天，可是什么事都没有发生。木匠这才放下心来，他想："矮个子先生果然是在吓唬我，看来每次拿两个金币也没什么。"

接下来的一个月，木匠每天都带走两个金币。渐渐地，他觉得两个金币也不够花了，他又琢磨了起来："我每天都这样来取金币实在是太辛苦了。而且我现在已经不是穷人了，何必还受这个罪呢？"想到这儿，他找来了两个大布口袋，打算一下子拿两袋金币回来，这样他就不用每天都来了。

次日傍晚，木匠带着两个大口袋来到了石头前。他像往常一样用暗号移开了石头，却没有急着进去。他坐在洞口，看着洞里的金币，心中盘算着要怎么才能装更多的金币回去。这一年多来，他已经来这里好几百次了，他对这洞里的每个角落都无比熟悉，现在，看着眼前的金币，他似乎看见了金碧辉煌的宫殿，看见了广阔的土地和数不清的牛羊……木匠越想越高兴，他兴奋地站了起来，走进了洞里。

正当木匠要装金币时，山洞里响起了"轰隆"声。木匠一下子晕了过去，等他醒来时，发现自己躺在一片荒地上，没有大山，没有石头，没有山洞，更没有金币……他急忙起身四下寻找，只找到了自己带来的那两个布口袋。木匠抬起头，看着这片光秃秃的草地，叹了口气，夜风呼呼吹着，他后悔不已，可一切都晚了。

从此之后，木匠再也没有新的金币了，只能靠以前的积蓄过日子。一

开始，他还像之前一样大手大脚地花钱，没多久，木匠不得不卖掉马和其他值钱的东西。再后来，木匠把房子也卖给了酋长。最后，他变成了一个一无所有的穷光蛋。

阅读心得

　　木匠本来是个善良、诚信的人，但随着生活越来越富足，他变得越来越贪婪，最终因此受到惩罚，变得一无所有。贪婪会使人变得自私自利，甚至思想扭曲，从而做出触犯道德底线或者违反法律法规的事，最终受到应有的惩罚。

情 节 档 案

起因： 木匠和女儿哈利玛热心地帮助了一个受欺负的矮个子，他们和矮个子成了朋友，经常邀请矮个子来家里做客，矮个子也经常送礼物给哈利玛。

经过： 为报答木匠一家，矮个子带木匠来到一个装满金币的山洞，教他打开山洞门的方法，告诉他金币都是送给他的，但嘱咐他一次只能拿一个金币。木匠成了远近闻名的富豪，过上了奢侈的生活。

高潮： 时间一长，木匠变得越来越贪心，他开始尝试一次拿两个金币。后来，他的胃口越来越大，决定一次带走两大口袋金币。突然，装金币的山洞神秘消失了，木匠再也拿不到金币了。

结局： 大手大脚惯了的木匠很快花光了积蓄，不得不卖掉马、房子和其他值钱的东西，最后变成了穷光蛋。

胆小的王子

从前，在非洲有一个古老的王国，这个王国里有一个德高望重的老国王，他既勇敢又诚实，深受人民的爱戴。随着年龄的增长，老国王的身体越来越虚弱，他渐渐感到力不从心，于是就想把王位传给自己的儿子辛塔亚胡。这个王子像父亲一样聪明、善良、乐观、和蔼可亲，可是他单单没有继承到父亲的勇敢。他的胆子非常小，只要听到一点陌生的声音，他就会被吓得手足无措。

为了锻炼王子的胆量，老国王命令他独自到森林里捉一只野兽。王子虽然害怕，但是却不敢违抗父王的命令，只得战战兢兢地来到森林里。胆小的王子不敢独自去捕猎，索性爬上了一棵大树，打算先睡一觉再说。不一会儿，他就睡着了。

突然间，一声巨响从树下传了上来，惊醒了睡梦中的王子，他大惊失色，一下子从树上滚了下来，掉到了一个毛茸茸的动物身上。王子紧紧地抓住动物的背，惊恐地大喊着："啊噢噢噢噢！"原来，这动物是一只鬣狗，它受到王子的惊吓，迅猛地奔跑了起来，一直驮着王子穿过了森林，跑到了另一个王国，停在了一个热闹的广场上。

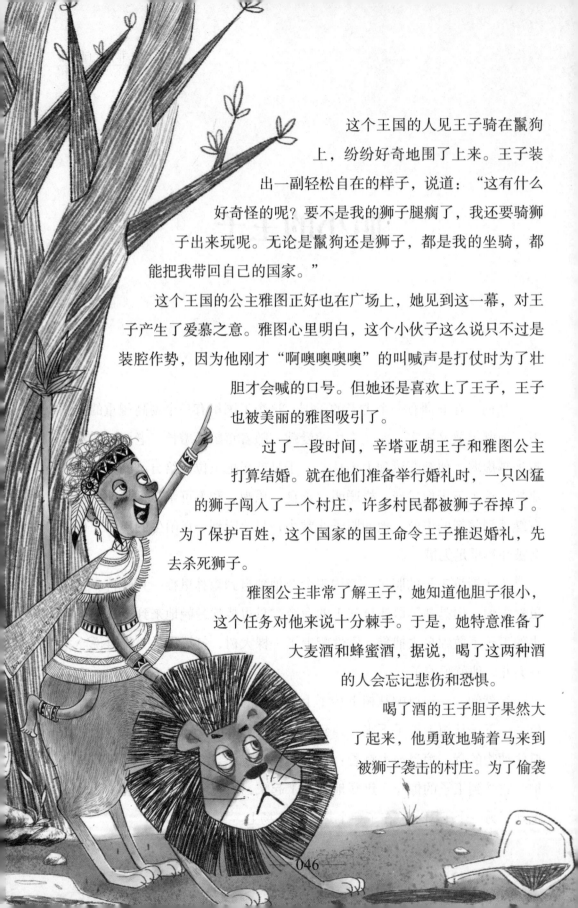

这个王国的人见王子骑在鬣狗上，纷纷好奇地围了上来。王子装出一副轻松自在的样子，说道："这有什么好奇怪的呢？要不是我的狮子腿瘸了，我还要骑狮子出来玩呢。无论是鬣狗还是狮子，都是我的坐骑，都能把我带回自己的国家。"

这个王国的公主雅图正好也在广场上，她见到这一幕，对王子产生了爱慕之意。雅图心里明白，这个小伙子这么说只不过是装腔作势，因为他刚才"啊噢噢噢噢"的叫喊声是打仗时为了壮胆才会喊的口号。但她还是喜欢上了王子，王子也被美丽的雅图吸引了。

过了一段时间，辛塔亚胡王子和雅图公主打算结婚。就在他们准备举行婚礼时，一只凶猛的狮子闯入了一个村庄，许多村民都被狮子吞掉了。

为了保护百姓，这个国家的国王命令王子推迟婚礼，先去杀死狮子。

雅图公主非常了解王子，她知道他胆子很小，这个任务对他来说十分棘手。于是，她特意准备了大麦酒和蜂蜜酒，据说，喝了这两种酒的人会忘记悲伤和恐惧。

喝了酒的王子胆子果然大了起来，他勇敢地骑着马来到被狮子袭击的村庄。为了偷袭狮子，聪明的王子爬到了树上观察，等待狮子出现。等啊等，狮子迟迟没有出现，喝了酒的王子却在树上昏昏沉沉地睡着了。睡梦中，他不小心从树上滚了下来。树下的马受到了惊吓，四处乱窜，一头撞到了树干上，马背上的酒也洒了一地，浓郁的酒香四散开来。

这酒香吸引了不远处的狮子，它顺着香味一路寻了过来，把洒在地上的美酒舔了个干净，不一会儿就醉倒了，躺在地上呼呼大睡起来。这时，王子从地上爬了起来，迷迷糊糊地把躺在地上的狮子当成了自己的马，他跳到了狮子的背上，使劲地拍了拍狮子的屁股。受惊的狮子驮着王子一路狂奔，王子吓得又大喊了起来："啊噢噢噢噢！"

最终，狮子驮着王子跑到了王子自己国家的广场上，醉醺醺的狮子跑得精疲力竭，瘫倒在了地上。广场上的人都围了过来，惊讶地看着王子和地上的狮子。王子骄傲地说："我本来想把这只破坏村子的野兽给杀死的，但是我的马找不到了，所以我只好骑着它回来了。"听了王子的话，百姓们既感激又敬佩。老国王见王子凯旋，也欣喜不已。

不久之后，辛塔亚胡王子和雅图公主在王宫中举行了盛大的婚礼，从此幸福安宁地生活在一起。在王宫里，还生活着两个特殊的"朋友"——一只鬣狗和一只狮子，当然，它们居住在离王子的宫殿很远的园子里。

阅 读 心 得

　　王子虽然胆小，却非常机智，在遇到突发情况时，他随机应变，让自己化险为夷，收获颇丰。在我们的日常生活中，随机应变能力相当重要，但最重要的还是要充实自我，做到未雨绸缪。

聪明的兔子和快腿蜘蛛

从前，有一只聪明的兔子，它的侄子是一只快腿蜘蛛。兔子和蜘蛛都非常灵活机敏，一旦遇到危险，它们就会以最快的速度逃掉。

在兔子和蜘蛛生活的地方，有一阵子闹了饥荒。为了填饱肚子，兔子和蜘蛛每天都必须外出寻找食物，有时候它们找一天也找不到多少能吃的食物。时间一长，蜘蛛有些气馁了，它总是失望地说："出去也找不到食物，还不如躺在窝里休息呢，还能省点力气。"可无论蜘蛛怎么说，兔子都没有放弃过希望，虽然它的年纪比蜘蛛大，但它每天还是坚持出去寻找食物。它总是说："总会有转机的，我相信一切都会改变，我们要相信自己，只要坚持总会有希望！"

幸运果然降临到了兔子的头上。这天，兔子在山上找食物时，发现一堵墙的旁边有一棵大树。兔子看着大树，疑惑地自言自语："我之前天天来这里，怎么从来没有见过这棵树呢？这树是从哪儿来的？实在是太奇怪了！"兔子仔细观察了一番，发现这棵树上开着许多白色的小花，这些小花还都冒着热气。兔子凑近一看，原来每朵花上都有一盘热气腾腾的食物，远远看去，就像花朵冒着热气一样。

"难道我是饿疯了，出现了幻觉？"兔子不敢相信自己看到的一切，它在山上跑了一圈，又跑回了树下，再次定睛一看，还是看到许多热气腾腾的食物放在花朵上。兔子这才相信这不是梦，它坐在树下，眼巴巴地盯着食物，流着口水说："这一定是一棵神树。请给我一盘食物吧，一盘就行。"

话音刚落，一盘食物从树上掉了下来。兔子急忙拿起食物，狼吞虎咽地吃了起来。吃饱后，兔子兴奋地想："这么多食物，够我们全家吃上好一阵子了。"于是兔子兴高采烈地带了些食物回家，让家人也吃了个够。

从此之后，兔子一家再也不愁吃不饱饭了，它们每天在树下吃饱后，就会在山里玩耍。

转眼，秋天来了，快腿蜘蛛来兔子家做客。兔子一家正好在吃东西，香味不停地飘进蜘蛛的鼻子里，弄得它心里直痒痒。蜘蛛不好意思直接跟兔子要吃的，它说："叔叔，请你给我一点柴火吧。"兔子二话不说就送了它一些柴火。蜘蛛趁兔子不注意故意把柴火丢到了水里，说："叔叔，这柴火不小心弄湿了，你再给我一点吧。"兔子又慷慨地送了蜘蛛一些柴火。蜘蛛还是不想走，它磨磨蹭蹭地在屋里站了一会儿，才说："叔叔，你能给我一些吃的吗？我已经饿得不行了。"兔子立刻邀请蜘蛛和它们一起吃饭，让它饱餐了一顿。

从此之后，蜘蛛三天两头到兔子家蹭吃蹭喝，走的时候还要给它的孩子们带些食物。时间一长，兔子的妻子不耐烦了，它跟兔子说："你这个侄子年纪轻轻的，为什么不自己去找食物，整天来我们家蹭饭呢？下次你带着它去找食物吧！"

第三天，兔子带着蜘蛛来到了能长出食物的神树前，给它演示了如何获得食物。蜘蛛抑制不住内心的激动，兴奋地说："天哪，太幸福了，我也想像你一样获得食物，不过不是一小盘子食物，而是一大盘子。"说完，它转过身对神树说："我要一大盘子食物，要最大的盘子。"话音刚落，一个巨大的盘子从树上落下来，刚好砸在了蜘蛛身上，把它砸伤了。

兔子见蜘蛛疼得直叫唤，一动也不能动，只得背着它，把它送回了家。为了让蜘蛛早日康复，兔子每天都会在树下要一盘食物，送给蜘蛛和它的家人。

过了一段时间，饥荒结束了，食物不再短缺，这棵神树上的盘子也都消失不见了。可兔子还是经常直着身体坐着，抬着头，就像当初在树下乞求食物一般。至于蜘蛛呢，它被砸伤之后，就只能爬着走了，一直到现在，它的后代还没法站起来。这也许就是神树对贪婪的蜘蛛的惩罚吧。

阅读心得

　　在困难中，兔子没有放弃希望，最终获得了幸运。蜘蛛不肯用自己的努力来创造更好的生活，只想不劳而获，它的懒惰和贪婪最终害了自己和后代。

世界上最长的故事

很久以前，有一个爱听故事的国王，只要是没听过的故事，他都会兴致勃勃地让别人讲给自己听。国王到底听过多少故事呢？连他自己都数不清。而且国王记忆力超群，听过一遍故事就能将其复述出来。因为国王痴迷于听故事，所以百姓就偷偷给他取了一个外号——故事国王。

有一天，国王突然生出一个奇怪的想法，他发现自己之前虽然听了数不胜数的故事，但这些故事中最长的也不过讲了半天时间，那么世界上最长的故事究竟有多长呢？国王好奇起来。于是，国王下令在全国征集世界上最长的故事，如果谁能讲出最长的故事，而且能让他不停地笑，那么他就会赏赐谁一大笔奖金。

为了得到奖金，很多人争先恐后地去给国王讲故事。没几天的工夫，国王就听到了许多之前从来没有听过的故事。其中有些故事很新鲜，很有趣，有一些故事则是东拼西凑的，一点也激不起国王的兴趣。可惜的是，不论是有趣的故事，还是无聊的故事，都算不上是世界上最长的故事。因此，没有一个人领走国王的奖金。

日子一天天过去，讲故事的人越来越少。三个月后，已经没有人来给国王讲故事了。在这些日子里，国王的脾气日益暴躁，他整天茶不思，饭不想，动不动就对仆人发火，一心盼望着能早点听到世界上最长的故事。

在第四个月的第三天，一个骑着骆驼的年轻人来到王宫前，要给国王讲世界上最长的故事。王宫的卫兵上下打量了这个年轻人一番，见他穿得土里土气，便鄙夷地说："你会讲世界上最长的故事？很多人已经来试过了，像你这样的人怎么可能得到这笔奖金呢？我劝你还是回去好好干活吧，别痴心妄想了。欺骗国王可是要掉脑袋的。"年轻人谦虚地答道："谢谢您的指点。我既然敢来，就有信心讲出世界上最长的故事，我一定会让国王满意的。"卫兵见年轻人执意要进宫去讲故事，便为他通报了一声，让他进了宫。见到国王后，年轻人恭恭敬敬地向他请了安。国王毫不在意地瞥了一眼年轻人，问道："你叫什么名字？"

"我叫那比努。"年轻人答道。

"你能讲出世界上最长的故事？"国王半信半疑地问。

"没错，尊敬的国王陛下，我敢说我讲的故事一定是世界上最长的。"

国王命人将一张席子递给年轻人，年轻人脱掉鞋子，在席子上坐了下来，开始绘声绘色地讲故事：

"很久很久以前，有一个叫乌邦巴乌的年轻人，他的食量非常大，他每天能不停地吃东西，不论吃下去多少食物他都感觉不到饱。许多有钱人对乌邦巴乌很好奇，他们想要试试看他到底能吃多少东西，于是，他们买来了数不胜数的食物，但是乌邦巴乌把所有食物都吃光了也没有吃饱，最后这些有钱人谁也不敢再尝试了，怕乌邦巴乌把他们吃破产。乌邦巴乌的事迹很快就在全国流传开来，人们对此议论纷纷，有人认为乌邦巴乌会神奇的魔法，有人觉得这都是他使的障眼法，还有人认为他会隐身术，这个国家里谁都不是他的对手。这件事传到了国王的耳朵里，国王满不在乎地说：'乌邦巴乌根本不算什么，不论他有什么妖术，我都会让他吃饱。如果做不到，我就让出我的王位！'国王命人将乌邦巴乌叫到王宫中，他下令让全国的一百二十四个地方官每人准备一千份食物，再把这些食物装到大葫芦里送到王宫。

"各式各样的食物很快从四面八方源源不断地被送到了王宫中，整整十二万四千个装满了食物的葫芦堆积在王宫中，堆满了房间，堆满了走廊，堆满了院子……葫芦里的食物五花八门，有米饭团，有卷饼，有肉丸，有煎饼，还有粥……国王看着这堆积如山的食物，心想：'这次一定能让乌邦巴乌吃饱！'他命令王宫里的乐师奏乐，让仆人们载歌载舞地庆祝，他们唱道：

乌邦巴乌没有来，没有来，先浇油！

一千个米饭团子等着他，

就算打嗝也要塞进去。

一千个饼已做好，

就算肚子饱也得吃下去。

乌邦巴乌还没有来，没有来，他在哪儿？

热乎乎的饼先浇上油。

"就在这时，乌邦巴乌到了，他走到国王面前，给他请了安。国王迫不及待地要看乌邦巴乌被撑坏的样子，就命令他立刻开始吃，同时，他让乐师继续奏乐。乌邦巴乌不紧不慢地拿出一个水壶，漱了漱口，又拿起一个装满了黄油卷饼的葫芦，向在场的人说：'各位，不好意思，我自己先吃了。'说完，他就拿起卷饼狼吞虎咽地吃了起来。他不停地吃，不停地吃，不停地吃，不停地吃……"

那比努一直重复着"不停地吃"这几个字，国王听得有些不耐烦了，打断了他："我知道他在不停地吃，接下来是怎么回事呢？你赶紧讲吧，不要再一直说这几个字了！"

那比努答道："尊敬的国王陛下，请您耐心地继续听下去。"说完，他继续重复着"不停地吃"。整整一天，那比努都在重复说这几个字。

第二天开始讲故事前，国王对那比努说："我希望今天乌邦巴乌能结束不停地吃这个动作，我能够听到新的故事情节。"

那比努说："国王陛下，您也知道乌邦巴乌要吃十二万四千个葫芦的食物呢，没有吃完这些食物，怎么会有新的情节呢？到现在为止，他才刚刚吃完一百多个葫芦里的食物。"说完，他又重复起"不停地吃"这几个字来。

国王觉得那比努说得也有道理，只得硬着头皮继续听下去。

那比努还在继续重复着"不停地吃"这几个字，他一会儿做出吃卷饼的样子，一会儿又学起喝粥的样子，学得活灵活现，逗得国王和大臣们都哈哈大笑。

到了第四天，没等那比努开始讲，国王就

说："好了，今天该开始新的情节了吧，虽然这个故事很有趣，但是你不能为了让故事变长，就不停地重复同样的话吧。"

这时，站在一边的大臣说话了："国王陛下，我认为乌邦巴乌在吃完所有的食物之前，那比努是不会开始讲新情节的。乌邦巴乌每天能吃掉一百个葫芦的食物，按照这个速度，吃掉所有葫芦里的食物就要花三四年之久，在这三四年里，那比努每天都会重复'不停地吃'这几个字。这几天您也听到了，他的故事讲得很有趣，又足够长，恐怕这就是世界上最长的故事了。"

国王一听，觉得大臣说得很有道理，于是命人将奖金取来，赏给了那比努。那比努向国王道谢后，就把奖金装到了四个大布袋里扛着，高高兴兴地走出了王宫。守门的卫兵看到那比努和他身后的大布袋，恭恭敬敬地说："亲爱的先生，当时我一见您就知道您与众不同，卓尔不群，所以才赶紧禀报了国王。现在您果然拿到奖金了，我祝您万事顺利，长命百岁！"那比努顺手从布袋中摸出了十个金币，扔到了地上，然后把装着奖金的布袋放到骆驼的背上，骑着骆驼回家了。

百姓听说那比努拿到了奖金，成群结队地来到街上围观。在大家的赞扬声中，那比努潇洒地骑着骆驼，哼着小曲离开了。骆驼背上放着他一辈子都花不完的钱，他可以不停地吃，不停地吃，不停地吃……

爱吹牛的丈夫

从前有一对年轻的夫妇，丈夫叫巴瓦，妻子叫哈里玛。巴瓦聪明强壮，学东西一点就通，不论是打猎、经商还是种田，他都是一把好手。哈里玛则美丽温柔，缝衣、煮饭等家务样样不在话下。大家都认为巴瓦和哈里玛是天生一对。他们非常恩爱，结婚三年始终互相体贴，相敬如宾，日子过得安宁幸福。

哈里玛对自己的丈夫十分满意，只有一件事让她很困扰，那就是巴瓦很喜欢吹牛。每天晚上吃饭时，巴瓦总会伸伸懒腰，大声问妻子："哈里玛，你知道你的丈夫是全天下最勇敢的男子汉吗？"

哈里玛总是回答："我承认你很能干，但是到底勇敢不勇敢我可不知道。"

巴瓦又会说："总有一天，我要让你亲眼看看我有多勇敢。"

巴瓦每天都要这样吹嘘自己，时间一长，哈里玛就感到厌烦了。有一次，哈里玛的母亲到他们家来做客，她对母亲抱怨道："妈妈，您听见巴瓦吹嘘自己勇敢了吗？他老是说要让我看看他的勇敢，您说会有这一天吗？"

哈里玛的妈妈说："我们先等等看吧。"

过了几天，哈里玛的妈妈要回家去。哈里玛说："妈妈，我和您一起走吧。我去年织了一件衣服，今年又织了九件，我想把这些衣服拿到市场上去卖。我们一起走，正好也能送送您。我想让巴瓦也陪我们去，不然我怕路上有人把衣服抢走了。"

哈里玛的母亲笑着说："好哇，巴瓦不是老说自己勇敢吗？我们正好趁这个机会来试试他。"母亲让哈里玛悄悄找来一个身强体壮的大汉，安排了一番。

接着，哈里玛的母亲趁巴瓦在家的时候说："巴瓦，我准备明天回家去。不过我听说这几天附近出现了一个很厉害的强盗，我有点担心，怕遇上强盗，你能送送我吗？"

巴瓦一口答应了下来："没问题！强盗总是欺负弱小的妇女和孩子，不过有我保护您，您就放心吧！"

哈里玛的母亲又说："我想让哈里玛也一起送送我。她正好顺路去市场上卖她织的衣服，这样我们路上还有个伴。"

巴瓦说："好吧，你们就放心吧。我先去准备些武器，把刀、矛和斧子都磨好，再带上弓箭。"说完，巴瓦就去磨刀了。

第二天一早，巴瓦一行人出发了。哈里玛和母亲走在前头，巴瓦走在后头。他身上挎着刀，一只手拿矛，一只手拿斧头，背上还背着弓箭，看上去十分威武。一路上，母女俩不停地说着体己话，母亲告诉哈里玛要如何和丈夫相处，如何才能不被丈夫欺负，等等，巴瓦则像一个保镖一样，远远地跟在后头，不时地四下张望。

走到半路，一个彪形大汉突然从路边的树丛里冲了出来，他拿着一根粗重的铁棒，冲着他们大声喊道："都给我站住！"

巴瓦被吓得手发抖，腿发软，一屁股坐到了地上。哈里玛见巴瓦吓得不成样子，也装出害怕的样子，对巴瓦说："巴瓦，你快起来呀，我是哈里玛！你快起来保护我！你今天实在太窝囊了，这下我们倒霉了！"

大汉扭过头来，对哈里玛说："你叫哈里玛？别担心，我不会伤害你的，因为你的名字跟我母亲的一样。"说着，他又问哈里玛的母亲："你叫什么？"

哈里玛的母亲答道："先生，我也叫哈里玛。"

大汉说："那你们两个都走吧，我不会伤害叫哈里玛的人。"

最后，大汉转过身来，恶狠狠地瞪着巴瓦，一棒子把他带的刀、斧头和弓箭都打落在地上，大声地问道："轮到你了！说，你叫什么名字？"

巴瓦战战兢兢地说："先生，饶命啊！我也叫哈里玛。"

巴瓦的话音刚落，哈里玛和母亲都哈哈大笑起来，刚才还凶神恶煞般的大汉也笑得直不起腰来。巴瓦这才明白，原来这是哈里玛在考验自己。他羞愧得满脸通红，一句话也说不出来，恨不得地上有个地洞让他钻进去。

从此以后，巴瓦再也不敢吹牛了。

丈夫总是吹嘘自己勇敢，但是在真正遇到危险时却被吓破了胆。真正的勇敢是靠行动来体现的，而不是靠自吹自擂。一味地吹嘘自己并不能获得尊重，只会招人厌烦和嘲笑。

长颈鹿的传奇故事

很久以前，长颈鹿没有长脖子，也没有大长腿，它的个子与草原上其他动物并没有太大差别。后来之所以发生了变化，是因为发生了一场罕见的干旱。

这场干旱持续了很长时间，草原上的青草被动物们吃得所剩无几，低矮树木上的绿叶也被吃光了。动物们必须要走很远去寻觅水源和食物。

有一天，长颈鹿和好朋友犀牛一起出门寻找食物。火辣辣的太阳炙烤着大地，因为天气炎热，它们走得很慢。一路上，它们经过几个干涸的水塘，看到许多动物在干得开裂的水塘边寻找水源。

"真是太干了，这样下去大家都要渴死了！"长颈鹿感叹道。突然，它眼睛一亮，大声说："犀牛老弟，你瞧路边那棵高大的金合欢树，叶子长得依然茂盛。"

"是的。"犀牛一向比较内向，沉默少语。

"可是我们长得实在太矮小了，又不会爬树，看得到，却吃不到。"长颈鹿再次感叹。

"是呀！"犀牛慢悠悠地说，"我们也许可以去找一找巫师，他是智

者，或许有办法。"

"这是个好主意。你知道巫师住在哪里吗？"长颈鹿立即来了精神。

"当然知道。"犀牛说完，带着长颈鹿来到了巫师的家。

巫师听它们说想吃金合欢树的叶子充饥，笑了笑说："这不是什么难事，我今晚就能用魔草制成可以实现你们愿望的药水，但是你们记住，一定要赶在明天上午八点之前喝下药水，过了这个时间，魔力就会失效。你们还要记住，喝完之后一定要闭上眼睛耐心等待。"

第二天，巫师早早准备了两份用魔草制成的药水，但只有长颈鹿按时来了。这是怎么回事呢？原来，犀牛本来也早早地出了门，可是在路上，它无意间发现了一丛青草。它实在是太饿了，就狼吞虎咽地吃起来。等它把青草吃得一棵不剩的时候，才想起还要去巫师家。可是，等它到达巫师家的时候，约定的时间早就过了。巫师为了不浪费药水，已经把另一份药水也给长颈鹿喝了。

长颈鹿喝掉两份药水后，发现自己的身体发生了十分奇妙的变化，它的脖子和腿开始迅速生长。它听从巫师的嘱咐，闭上了双眼。等它再次睁开眼睛时，欣喜地发现自己拥有了长脖子和大长腿。它的脑袋晃一晃，仿佛就能触碰到天上的云彩。

"哇！真不可思议！"长颈鹿开心极了。更让它觉得妙不可言的是，它一伸脖子就能吃到金合欢树上青翠的叶子。

这个时候，没有喝到药水的犀牛正在巫师那里大发脾气，它没有反省自己迟到的错误，固执地认为是巫师欺骗了它，因此，它愤怒地把巫师赶出了热带草原。

人们都说，就是从这件事以后，犀牛只要见到人类就会发起猛烈的攻击，不允许人类靠近它一步。

阅 读 心 得

　　犀牛因为贪吃路上遇到的一丛青草而迟到，失去了喝药水的机会，这是"因小失大"。犯错的它没有自我反省，却一味地责怪巫师。当事情不顺利时，一味抱怨是没有用的。我们要多从自身找原因并积极改进，这样才能进步。

长嘴鸟和黑头莺

长嘴鸟和黑头莺是一对老友，它们经常待在一起。长嘴鸟长得非常漂亮，羽毛绚丽斑斓，嘴巴又大又长，很招人喜欢，因此它有很多追求者，没多久就结婚了。结婚后，长嘴鸟离开了黑头莺，和丈夫生活在了一起。

黑头莺的羽毛黑漆漆的，嘴巴又短又尖，看上去很奇怪。追求者们一看见它的嘴巴，就打了退堂鼓，因此，黑头莺一直没有找到合适的丈夫。一转眼，长嘴鸟已经结婚很多年了，可黑头莺还是孤零零地一个人生活，它心里很难过。长嘴鸟也替好朋友着急，可是不知道要如何才能帮到它。

一天，黑头莺找到了长嘴鸟，恳求地说："长嘴鸟姐姐，这些年来那些追求者一看到我的嘴巴就跑了，这嘴巴坏了我的好事。今天我来，是想求你一件事，你能把你漂亮的嘴巴借给我一段时间吗？等我结了婚，就把嘴巴还给你。为了感谢你，我还会送你一份大礼。"

长嘴鸟二话不说就答应了黑头莺的请求，它说："黑头莺妹妹，我一直不知道自己能怎么帮你。既然我的嘴巴能帮到你，那我当然愿意把它借给你。等你结婚后再还回来就好了。"

黑头莺高兴地说："你真是我的好朋友，实在是太感谢了。"

接着，长嘴鸟和黑头莺亲密地谈起了心，它们从天上谈到了地下，说了很多知心话。黑头莺问了许多问题，长嘴鸟都把自己的经验毫无保留地告诉了它。

长嘴鸟本来想让黑头莺多陪自己几天，但是黑头莺急着回去。于是，第二天一早，长嘴鸟就和黑头莺交换了嘴巴，送它离开了。黑头莺一到家，邻居们就发现了它的变化，纷纷感叹道："天哪，黑头莺的嘴巴变得真漂亮。"消息越传越远，黑头莺的追求者们踏破了它家的门槛。没多久，黑头莺就找到了自己心仪的丈夫，结了婚。

婚礼举办得盛大而隆重，宾客们送来的礼物堆满了房间。婚礼后，夫妇俩闭门谢客，过了七天幸福的生活。

黑头莺结婚的时候没有邀请长嘴鸟，更是把答应过要送它礼物的事忘得一干二净。在当地的传统中，凡是结婚的人都要给亲朋好友们送柯拉果以分享喜悦，仆人们也曾提醒黑头莺："主人，您借了长嘴鸟的嘴巴，现在您结婚了，要不要给它送点柯拉果以示答谢呢？"但是黑头莺却不耐烦地说："别着急，我有空了自然会去的。"说完后，它又把这件事抛到了九霄云外。

过了一个月，长嘴鸟才听说黑头莺结婚的消息，它心里充满了疑惑和不解："黑头莺结婚怎么不告诉我这个好朋友呢？它怎么没有给我送柯拉果呢？它说过结婚后就会把嘴巴还给我，可怎么没来还呢？"长嘴鸟又转念一想："也许是操办婚礼太忙了，它还没来得及找我吧。"

又过了一个月，黑头莺还是没有来归还嘴巴，长嘴鸟决定亲自去找黑头莺。它来到黑头莺之前的住所，才知道黑头莺结婚后就搬走了。长嘴鸟向黑头莺的邻居们打听黑头莺的新住处，想让邻居们带它去。可是邻居们生气地说："黑头莺早就把我们这些老邻居给忘了，它结婚的时候没有邀请我们，也没有给我们送柯拉果。我们再也不想看见它了。要想去你自己去吧，它的丈夫是远近闻名的鸟王，你去那个城市打听一下就知道它们住在哪儿了。"

长嘴鸟告别了黑头莺的邻居们，飞了很久才到达黑头莺的城市。它停在了一棵大树上休息，见树下有许多人在干活，便问道：

先生们！辛苦了！

劳动必有回报！

鸟王的家在哪里？

它妻子借走我的嘴！

害我吃饭不舒服，

害我说话不利索！

我必须找到它们，

请大家帮我指路！

干活的人们抬起头答道："远方的客人哪，鸟王家就在不远处，你再飞一段就看见了。"长嘴鸟又往前飞了一段，停在了一个院子里的大树上，它看见院子里几个小伙子正在捣米，就问道：

小伙子们！辛苦了！

劳动必有回报！

鸟王的家在哪里？

它妻子借走我的嘴！

害我吃饭不舒服，

害我说话不利索！

我必须找到它们，

请大家帮我指路！

捣米的小伙子们答道："远方的客人哪，鸟王家就快要到了，你继续向前飞吧。"

长嘴鸟又飞了一会儿，停在了一座房子的屋顶上。屋子里的女孩们正在磨面，长嘴鸟问道：

小姑娘们！辛苦了！

劳动必有回报！

鸟王的家在哪里？

它妻子借走我的嘴！

害我吃饭不舒服，

害我说话不利索！

我必须找到它们，

请大家帮我指路！

磨面的女孩们指着不远处的一座房子说："远方的客人哪，那栋房子就是鸟王的家。"

长嘴鸟依照女孩们的指点，找到了鸟王的家，停在院子里的果树上。它看见黑头莺正坐在屋子里吃饭，厨房里还有许多仆人在忙碌。长嘴鸟对仆人们说：

厨房的姐妹们！辛苦了！

劳动必有回报！

你们的女主人借走我的嘴！

害我吃饭不舒服，

害我说话不利索！

今天我来要回嘴，

请大家帮我去通报！

仆人听到了长嘴鸟的叫声，四下张望着问道："这是哪儿传来的歌声？"仆人顺着歌声走到了院子里，这才看见了长嘴鸟。长嘴鸟把刚才的话又重复了一遍，仆人说："你下来吧，我带你去见女主人。"

长嘴鸟在仆人的带领下来到了黑头莺的房间。黑头莺看见长嘴鸟，惊讶得张大了嘴巴，故作热情地说："天哪，你怎么来了？我正说明天去找你呢。"

长嘴鸟早就对黑头莺失望了，它不客气地说："我来看看你是否记得自己说过的话！"

黑头莺尴尬地笑着，说："我从没有忘记过，遵守诺言才能得到朋友的信任。我一直记着你的帮助，想要给你送礼物，还打算把今年的新粮食送给你一点。"

长嘴鸟听黑头莺这么说，有些心软了，便答道："谢谢你。"它们又聊了会儿天，长嘴鸟说："我要回家了，你把嘴巴还给我吧。"

黑头莺急忙拦住它说："别急着走，别急着走，等我丈夫回来你再走吧。"

长嘴鸟执意要走，它说："我不能等你丈夫回来了，待会儿我丈夫就要回家了，它回家要是看不到我就该着急了。"

黑头莺说："姐姐，你就原谅我吧。看在上天的分上，不要再生我的气了。"

长嘴鸟说："我没有生你的气。自从结婚后我就再也没有见过你。你让我明白了交朋友应该看它怎么做，而不是怎么说。"说完，它取下黑头莺的嘴巴，递给了它。黑头莺不得不把长嘴鸟的嘴巴还给了它。

黑头莺听了长嘴鸟的话，心里很不安，它拿出两大筐新粮食，送给了长嘴鸟。长嘴鸟推辞道："这个我不能收。我这次是专门来要嘴巴的，别的东西我不要。"黑头莺说："亲爱的姐姐，求你收下吧，这代表了我的歉意。你要是不收，我心里过不去呀！"长嘴鸟见黑头莺一脸羞愧的样子，便收下粮食，说："我确实很生气，你结婚不告诉我，也不遵守自己之前的承诺，这让我怎么能不伤心？看在我们之前的友谊的分上，这次我就不跟你计较了。"

长嘴鸟离开后，黑头莺急得坐立不安，一直在屋子里打转。现在，它没有漂亮的嘴巴了，等丈夫回来可怎么交代呀。最后，黑头莺想了个主意，它找了一根长长的棍子，绑在了自己的嘴巴上。这棍子又尖又长，从屋里一直伸到了屋外。

不一会儿，黑头莺的丈夫回来了，它看见屋里伸出一根棍子来，疑惑地问："亲爱的妻子，这棍子是哪儿来的？"

黑头莺答道："这是我的嘴巴呀。"

丈夫以为黑头莺在开玩笑，就笑着说："你别逗我了，你的嘴巴怎么会是根棍子呢？你快把这棍子拿走吧。"

黑头莺说："我没有在开玩笑，这真的是我的嘴巴！"

丈夫惊讶地问道："你的嘴巴怎么变成这个样子了？"

仆人们忍不住笑了起来，它们七嘴八舌地告诉鸟王："大家都知道夫人的嘴巴是跟长嘴鸟借来的，只有您不知道这件事。今天长嘴鸟来把嘴巴要回去了，夫人怕您生气，才找了根长棍子来假装自己的嘴巴。"

鸟王怒气冲冲地走进屋子里，瞪着黑头莺。黑头莺从没见过丈夫的这副样子，吓得赶紧把棍子取下来，露出了自己又短又黑的嘴巴。

鸟王生气地说："原来你一直在骗我，原来你自己的嘴巴是这个样子！要是我早知道你是这副模样，我就不会娶你了！现在你立刻给我滚出去！"说着，它抓住黑头莺，一把把它扔了出去。

黑头莺知道鸟王再也不会原谅它了，只得灰溜溜地回到了自己之前住的地方。邻居们见了它都躲得远远的，谁也不想搭理它。只有几个好心的老人家问它："你不是结婚了吗？怎么又回来了？"

黑头莺流着泪说："长嘴鸟把它的嘴巴要回去了。我怕丈夫生气，就找了根棍子当成自己的嘴巴。可丈夫知道真相后，还是气得把我赶出了家门。现在，我无处可去，只能回来了。"

邻居们说："这都是因为你贪慕虚荣，没有遵守诺言。长相是天生的，谁也无法改变。不论你长成什么样子，只要你诚实、善良、守信、勤劳，就一定能获得属于自己的幸福。你靠欺骗只能获得一时的虚荣，不可能长久。长嘴鸟是你的好朋友，甚至愿意把嘴巴借给你，可是你却没有把它当朋友，不仅结婚不告诉它，还不遵守诺言。今后你必须得改正自己的错误才行！"

听了邻居的话，黑头莺更羞愧了，它整天躲在屋子里以泪洗面，不敢出门，身体也越来越差。过了一段时间，黑头莺就去世了。邻居们急忙把这个消息告诉了鸟王。鸟王听说它意识到了自己的错误，看在夫妻一场的分上，替它操办了葬礼，将它埋葬了。

阅读心得

　　黑头莺借了长嘴鸟的嘴巴，靠欺骗结了婚，最终谎言被揭穿，它被丈夫赶出了家门。诚实、善良、守信才能赢得尊重和爱戴，虚伪、欺骗、不守诺言只会让人唾弃。

羚羊和蜗牛

在森林里，羚羊是个出了名的飞毛腿，它奔跑的速度超过了许多动物，这是它一直引以为傲的地方。

蜗牛行走速度缓慢，但很有自知之明，平日里不去招惹谁，经常缩在壳里睡大觉。

可是有一天，羚羊和蜗牛在路上相遇了。羚羊突然来了主意，眯着眼睛对蜗牛说："你的名字里有一个牛字，但是你比犀牛、水牛、黄牛差太远了。我个人认为，这个世界上应该没有比你跑得更慢的动物了！"

"是吗？羚羊老兄，既然你这么瞧不起我，你敢保证一定能跑赢我吗？"蜗牛并不示弱。

羚羊一听蜗牛的话，哈哈大笑，轻蔑地说："跑赢你，当然敢！"

于是，羚羊和蜗牛约好周末来一场赛跑。

为了赢得这场比赛，蜗牛做了精心的准备，它找来许多小纸条，在每一张纸条上都写了这几个字："我是蜗牛，我在这里。"然后它把这些小纸条分发给它所有的朋友，并告诉它们，比赛那天躲在赛道的不同路段，当它们看到羚羊跑过来，就对羚羊念纸上写的字。

比赛这天，羚羊和蜗牛来到预定的赛道上。充当发令员的狗熊一声令下，羚羊和蜗牛的比赛就开始了。

羚羊一个箭步冲了出去，而蜗牛则钻进了茂密的丛林里。

羚羊跑了一段路后，回过头看了看，根本看不到蜗牛的影子，它扯起嗓门喊道："哈哈，蜗牛，我的手下败将，你现在跑到哪里了？"

"我是蜗牛，我在这里。"远处路边有声音回应着羚羊。

"天哪！蜗牛已经超过我了！"羚羊大吃一惊，赶忙加快速度，飞奔起来。

跑了一会儿，羚羊又大声问蜗牛跑到哪里了，这次同样有声音回答它："我是蜗牛，我在这里。"

羚羊问了几次，每次都有声音回答它："我是蜗牛，我在这里。"为了赢得比赛，羚羊一次又一次地加速，还没跑到终点，它就用尽了全身的力气，累死在赛场上。蜗牛则靠着自己的计谋取得了这场跑步比赛的胜利。

这件事在森林里传开之后，动物们再也不敢小瞧蜗牛了。它不光赢得了比赛，还赢得了大家的尊重。

阅 读 心 得

　　羚羊和蜗牛赛跑，双方实力本来就悬殊，最终却是蜗牛赢得了胜利，羚羊累死在赛场上，这是羚羊骄傲自满的结果。我们即使再有本事，也不要瞧不起别人。学会尊重他人才是与人相处之道。

一个吹号手

从前，在非洲北部的地中海沿岸，有一个古老的国家。这个国家曾遭遇过一场巨大的灾难——鼠灾。如果你认识这个国家的人，他们一定会拉着你说说鼠灾的厉害，恐怕三天三夜也说不完。

在这个国家，老鼠的数量多得惊人。不论是大街上还是屋子里，都有数不清的老鼠。晚上睡觉时，会有几十只老鼠跟你一起躺在床上；早上起床后，你衣服的口袋里都会钻满老鼠。这里到底有多少只老鼠呢？有人说这里的老鼠数量比全国苍蝇的数量还要多上一百倍！更可怕的是，老鼠的数量还在不断地增长。

老鼠最喜欢的地方是存放粮食的仓库，它们会成群结队地钻到仓库里，把粮食全都吃掉，连一粒米也不留下。放在饭桌上的饭菜也是老鼠的最爱，如果你不赶紧吃掉，老鼠就会替你吃个精光。就算你把食物放到柜子里锁起来，老鼠也能咬破柜子，钻进去吃掉。除了食物，老鼠还喜欢皮革制品。不论是皮鞋、皮带、皮包还是皮垫子、皮枕头，老鼠都会把它们咬成碎片。

更可恶的是，只要人们一躺下，老鼠就会在他们的身上跑来跑去，把他们折磨得无法入睡，他们只能在地上跑来跑去，赶走老鼠。要是有人生病了，整天躺在床上，老鼠就会毫不客气地爬满他的身体，最后把他吃掉。也许你会问："为什么人们不把老鼠都杀死呢？"这是因为这里的老鼠实在是太多了！虽然在其他地方，老鼠都害怕猫，但是在这里，猫的数量远远小于老鼠，它们见了老鼠不仅不会去抓，反而会赶紧溜走。百姓也曾想了很多方法想要除掉老鼠，他们试过用陷阱捉老鼠，试过用毒药毒老鼠，可是，老鼠不但没有消失，反而越来越多。最后，老鼠甚至猖狂到将人团团围住，向人类示威。

老鼠让百姓吃尽了苦头，他们无数次地去向国王求救，请求他想办法除掉老鼠。人们甚至威胁国王，如果他不能解决老鼠问题，那他们就会合力把他拉下王位，赶出国家。面对鼠灾，国王既头疼，又无奈。百姓天天请愿示威，大臣们也整天抱怨他没有治理好国家。他每天愁得吃不下饭，睡不着觉，可还是想不到对付老鼠的办法。

这天，国王正坐在树下乘凉，卫兵前来报告说一个老人求见。国王以为又是请愿的百姓，哪知进来的是一个从没见过的老人。这个老人见了国王后，恭恭敬敬地向他行礼问好。自从鼠灾泛滥以来，百姓就没有如此恭敬地对待过他。他高兴极了，急忙说道："先生，请起来吧。你是干什么的？从哪儿来呀？"

老人答道："我是一个吹号手，没有固定的住所，这一生都在四处漂泊，四海为家。今天，我是专门来找您的。"

国王听说老人是个流浪吹号手，就想赶紧把他打发走，于是说："先生，我想邀请你在这里做客，但是这里正在闹鼠灾，到处都是老鼠，全国上下一片混乱，所以我不敢挽留你，我建议你还是尽快离开这里吧，否则你会吃尽苦头的。"

老人看出了国王的心思，说："国王陛下，我并不是普通的吹号手。

我有一项特殊的本领，只要我一吹响我的小号，所有的动物都会跟着我走。不论是天上的鸟还是地上的虫，就连人也会跑到我身边来，听我指挥，跟着我走。现在您的国家正在遭受鼠灾，我很同情，我保证能帮你们消灭老鼠，解除灾难。"

国王一听，立刻喜出望外地说："这真是上天保佑哇！只要你能消除灾难，无论有什么要求我都会满足的，不论多贵重的东西我都愿意送给你。你想要什么？"

吹号手说："陛下，我一直四处流浪，没有太多的奢求。您只要给我一百个金币就行，就当是给我点吃饭、住宿的钱。"

国王满口答应："别说一百个金币，如果你真的能帮我们解除灾难，一万个金币我都愿意给。你放心，我是一国之君，既然说了，就不会反悔。"

吹号手毕恭毕敬地向国王行礼后，从衣服里拿出一个小号，走出王宫，来到大街上，不停地吹了起来。他沿着大街小巷，一边走一边吹。奇怪的事情发生了，听到悠扬号声的老鼠果然全都聚了过来，跟在他身后，形成了一支庞大的老鼠队伍。它们全都随着号声一蹦一跳地走着，就像是跳舞一般。

吹号手见老鼠都出来了，就吹着小号走出了城门，来到了河边。老鼠们也继续跟着他，排着队，浩浩荡荡地走出了城门。百姓从来没见过这个景象，纷纷从家中跑出来看热闹。吹号手一边吹着小号，一边毫不犹豫地跳进了河里，但始终没有停止吹奏。老鼠们也跟着吹号手，争前恐后地跳进了河里，不一会儿就被淹死了，河面上漂满了老鼠的尸体，只有一只老鼠跑了上来。百姓见老鼠终于被消灭了，在河边高兴得又唱又跳。

就这样，吹号手陆续除掉了全国其他城市的老鼠，回到了王宫中。国王见吹号手胜利归来，热情地向他表示祝贺，不断地说着感谢的话。吹号

手见国王绝口不提金币的事，就提醒道："尊敬的陛下，我已经帮您消灭了全国的老鼠，您是否还记得当初答应我的事呢？"

国王一下子变了脸，他心想："现在让我去哪儿给他找一百个金币呀。再说了，他也没干什么，不过吹了几声小号。这么容易就要拿走一百个金币，实在太便宜他了。现在老鼠都已经死了，我还怕什么！"想到这儿，国王说："没错，我曾经答应过要给你一百个金币，那不过是一句玩笑话而已，不能当真。现在我给你十五个金币吧。你年纪也这么大了，要那么多钱也没什么用。"

吹号手见国王反悔了，气得浑身发抖，他怒视着国王说："您是一国之君，怎么能出尔反尔？您既然答应了我，就应该信守诺言。您最好快点把一百个金币给我，否则您就会有麻烦了。"

　　国王见吹号手竟然敢威胁自己，也生气地说："你真是不识好歹。我给你十五个金币已经够不错了。你想想，一个农夫从早到晚地工作，也挣不了几个金币。你不过就是吹了几声小号而已，有什么资格要一百个金币！"

　　"如果您不遵守自己的承诺，那我就会再次吹号，到时候您就知道我的厉害了！"吹号手说道。

　　"你尽管吹，我还能怕你不成？现在老鼠已经都死了，难道你还能把它们再吹活了吗？"国王不客气地说。

　　吹号手看着国王，不紧不慢地说："您说得对，我不能把老鼠吹活。现在就请您看看会发生什么事吧。"说完，吹号手头也不回地离开了王宫，走到街道上，重新吹起了小号。悠扬的号声再次飘荡在大街小巷，听到号声的孩子们都不由自主地从家里跑了出来，跟在了吹号手的身后。不一会儿，全城的孩子都跑出来了，就连国王的孩子也不例外。这些孩子大的只有十岁，他们一路跟着吹号手，一边唱着歌一边走。领头的孩子不是别人，正是国王的大儿子，他大声地唱着：

　　听见号声就来吧，

　　哎呀，哎呀，我们很快乐！

　　尽情地唱啊，跳哇，

　　哎呀，哎呀，我们很幸福！

　　大饼，烤肉，尽情地吃，

　　哎呀，哎呀，我们很高兴！

　　蜂蜜，牛奶，随便地喝，

　　哎呀，哎呀，我们很愉快！

　　丝绸，锦缎，穿也穿不完，

　　哎呀，哎呀，我们很快乐！

骑马，射箭，玩也玩不够，

哎呀，哎呀，我们很幸福！

金币，银币，花也花不完，

哎呀，哎呀，我们很高兴！

天堂的日子过也过不够，

哎呀，哎呀，我们真幸福！

孩子们的父母都不知道发生了什么事，他们以为吹号手带着孩子们玩游戏，都兴致勃勃地站在一边看着。过了一会儿，吹号手吹着小号向城外走去，孩子们也都跟着向城外走去。父母们这才开始担心，他们怕孩子们一不小心掉进城外的河里。吹号手带着孩子们出了城，这次他没有去河边，而是向不远处的大山走去。国王和百姓都站在城楼上看着孩子们。国王心里想："孩子们才不会听你的话，才不会去爬山呢，到时候看你怎么办。"

不一会儿，吹号手带着孩子们来到大山前。山谷间突然出现了一条裂缝，吹号手带着孩子们走进裂缝，裂缝又合了起来。几乎所有的孩子都消失了，只剩下一个走在最后的孩子还没来得及进去。

百姓见自己的孩子不见了踪影，都悲恸欲绝。国王也失去了四个孩子，他伤心地流下了眼泪。百姓见国王悲伤的样子，再想到自己的遭遇，也都号啕大哭起来。最后一个孩子的家长见自己的孩子还在山谷里徘徊，立刻飞奔过去抱住孩子。他紧紧地把孩子搂在了怀里，生怕会失去孩子。人们都围了过来，问孩子为何要跟着吹号手走。孩子说："他跟我们说，只要我们跟着他走，就能得到自己想要的所有东西。无论是蜂蜜、牛奶、烤肉还是大饼，想吃多少就能吃多少。现在他们都跟着他去了，只留下了我，我实在是太倒霉了。"

人们听见孩子被吹号手骗得团团转，更加难过了，他们再也抑制不住自己的情绪，大声地呼喊着，咒骂着。这时，那只没有被淹死的老鼠跑过来说："当时，吹号手也说要带我们去一个最美好的世界，那里有吃不完的食物，没有猫，没有痛苦，没有悲伤。他说只要跨过大河就能到达那里。我的同伴们都跟着去了，我走到一半时，被不知道从哪儿飞来的石头打到了，吓得跑了回来。实在是太可惜了，现在我的伙伴们一定在那个世界过得很幸福，而我只能孤孤单单地在这里受苦。"

国王看见百姓痛苦的样子，心里很不是滋味。他派许多人去找吹号手和孩子们，可是一连找了好几个月也没有消息。俗话说："纸包不住火。"渐渐地，国王欺骗吹号手的事从宫里传了出来，人们这才知道这件事情的罪魁祸首竟然是国王。越来越多的人知道了事情的真相，怒不可遏的百姓冲进王宫，点燃了宫殿。

国王见王宫内着了火，穿着单衣，光着脚就跑了出来。没等国王说话，愤怒的人们就冲了过去，将所有的怒火发泄了出来。他们有的扔石头，有的吐口水，有的用手抓，有的脱下鞋冲着国王扔过去……国王吓得抱头鼠窜，人们不依不饶地追着他直至国王被赶出这个国家。与此同时，王宫里也乱成了一团。王后愤怒地宣布同国王离婚，她拿着自己的东西回了娘家。王宫里的卫士、马夫、宫女、仆人等都疯了一般抢夺宫里值钱的东西，不一会儿就把值钱的东西抢光了。百姓们放的火足足烧了三天三夜，这座富丽堂皇的宫殿就这样在大火中化为灰烬。

阅 读 心 得

吹号手为国王解决了鼠灾，国王却没有信守诺言，给吹号手一百个金币，由此引发了吹号手的报复，为国家带来了更大的灾难。诚信是人最基本的品质之一，答应别人的事一定要做到，不能出尔反尔，背弃诺言。

人物档案册

人物：吹号手

性格：聪明能干，有仇必报

  吹号手用自己的特殊才能，有技巧地诱惑老鼠们跳了河，消除了鼠患，能力可见一斑。国王违背诺言后，吹号手又通过吹号诱走了城里的孩子们，导致国王被拉下王位，赶出王宫，妻离子散；王宫也被烧毁。

人物：国王

性格：无能吝啬，言而无信

  面对国内的鼠患，国王束手无策，为不能保护自己的国家和百姓而忧心，只能在王宫中长吁短叹。吹号手帮助他解决鼠患后，他却违背了自己的诺言，没有给吹号手应得的酬劳，结果落了个妻离子散、王宫被烧、王位丢失的下场。国王因言而无信付出了惨重的代价。

谁的力气最大

河马仗着自己个头大、力气大，在森林里耀武扬威、不可一世，从来不把其他小动物放在眼里。聪明的乌龟看不惯河马的做派，千方百计想整治河马。这天，乌龟精心准备后去拜访河马，说道："河马老兄，我不认为你有多了不起，要是你和我比赛拔河，你一定会是我的手下败将！"

河马不屑地大笑道："哈哈，天大的笑话，这是我出生以来听过的最荒诞的事情了。"

"你不相信？我说到就能做到，我能把你从水里拉到岸上！"乌龟严肃认真地说。

"那么好吧，既然你这么自信，我们就来一场正式的拔河比赛吧。不过如果你输了，成了森林里的头等笑话，可不要怪我。"河马鄙夷地说。

"那咱们就走着瞧吧。"乌龟说。

于是，河马和乌龟约定好了比赛日期。和河马告别后，乌龟又找到正在树林里散步的大象，它对大象说："大象大哥，我有信心把你拉到岸边，你敢接受挑战吗？"

大象眯缝着眼睛，懒懒地说："就凭你这样的小个子，怎么可能！"

乌龟笑着说："怕是你不敢接受挑战吧！"

大象睁大眼睛，愤愤地说："你说谁不敢？日期、地点随便你挑！"

乌龟和大象也约定好比赛日期，正是和河马比赛的同一天。与大象分别后，乌龟找到了一根非常结实的绳子，一边走一边暗暗发笑："你们等着瞧吧，看看到底谁才是最后的赢家。"

比赛的日期很快到了，这天，很多动物都到河边来看热闹。乌龟不紧不慢地钻进水里，把绳子的一头递到河马的嘴里，嘱咐道："咬紧绳子，我使劲拉一下绳子，比赛就开始了。"它又爬到岸上的森林里，把绳子的另一端交给在茂密树林里的大象，同样告诉大象，如果感觉绳子被使劲拉了一下，比赛就开始。之后，它爬到河边，用尽浑身力气拉动了一下绳子，再以最快的速度潜入河底，拉开了这场拔河比赛的序幕。

河马和大象都没有把小小的乌龟放在眼里，但是，让这两个大力士感到奇怪的是，它们用尽全身力气，拉了大半天，累得精疲力竭，结果谁都没有办法赢得比赛。水里的河马纳闷得很，心想："太奇怪了，乌龟怎么可能和我打成平手呢？"树林里的大象也对此百思不得其解。它们决定放弃比赛，来寻找事情的真相。

于是，河马从河里游向岸边，大象从树林走向河岸，它们在岸边相遇了。这个时候，乌龟正好从水里冒出头来，看着两个大家伙哈哈大笑说："现在瞧见了吧，你们两个大力士，最终还是被我打败了。"

阅读心得

乌龟巧妙地制造了一场河马和大象的拔河比赛，为自己赢得了最后的胜利。河马和大象两个大力士竟然输给了乌龟！它们输的不是力气，而是智慧。乌龟的借力使力告诉了我们智慧的重要性。

带来光明的兔子

从前，天上没有太阳和月亮，到处都是黑漆漆的。有一只叫作祖罗的兔子独自生活在地下的洞穴里。

有一天，祖罗想要到外面去看看。它从洞中出来，在森林里四处闲逛。祖罗一边走，一边弹着自己心爱的琵琶。悠扬的琵琶声飘荡在森林中，小动物们都被这声音迷住了，它们躺下来安静地听着，深深地沉醉其中。在昏暗中，祖罗看不清小动物们的样子，只能看见它们的眼睛在黑暗中闪烁出的光芒。

祖罗走了一会儿，发现头顶上有一个巨大的蜘蛛网。它抬起头，看着黑乎乎的天空，自言自语道："天上是什么样子的呢？我上去看看吧。"于是，祖罗顺着蜘蛛网的蛛丝不断地向上爬着，它爬呀爬，爬呀爬，终于爬到了白云上头。

祖罗低头一看，巨大的森林和草原都变成了小小的点，闪闪发光的星星围绕在它周围。祖罗不由自主地伸出手去，想要抓住一颗星星。突然，一道耀眼的金光从上方射来，祖罗想要抬头去看，却突然头晕眼花了起来。它回过神来时，发现自己到了一个神奇的世界里。

这里有郁郁葱葱的树木，有五彩斑斓的花朵。各式各样的蝴蝶和鸟在天空中自由自在地飞翔……最吸引它的是头顶上方那个巨大的光球，它正在发出耀眼的光芒。

祖罗看呆了，它不住地惊叹着："天哪！太美了！这实在是太美了！我从没有见过这么美的地方，真想在这里永远地生活下去。"

祖罗一边走一边看，想要找到这个国家的国王，请求他允许自己永远留在这里。走了没多久，祖罗看到许多人在街上行走，急忙向他们询问王宫的位置。这些人见祖罗拿着琵琶，就对它说："你给我们弹琵琶，我们就带你去见国王。"祖罗高兴地弹起了琵琶。听完曲子后，人们带祖罗来到了王宫。

见到国王后，祖罗恭敬地说："尊敬的陛下，您的国家是我见过最美的国家。请您允许我在这里长久地生活下去。"

国王听到祖罗的称赞，高兴得合不拢嘴，他问道："要住下可以，但是我得先了解一下你的情况，你叫什么名字？有什么才艺呢？"

祖罗指了指自己的琵琶说："我叫祖罗，我会弹琵琶。"说完，它拿起琵琶，边弹边唱了起来：

我的名字叫祖罗，

我讨厌黑暗的世界！

我的名字叫祖罗，

我喜欢五彩斑斓的花，

还有美丽的蝴蝶和鸟！

……

祖罗用歌曲唱出了它对这个美丽世界的向往，国王听得高兴极了，他说："你唱得太好了！如果不是你的称赞，我都不知道我的国家是如此迷人。我决定把我的女儿玛莱嫁给你，你就在这里永远生活下去吧。"

祖罗跪在了地上，不住地感谢着国王。

不久，祖罗和公主玛莱举行了盛大的婚礼。婚宴上宾客如潮，有数不清的美食和美酒。人们在王宫里尽情地唱着、跳着……

婚礼结束后，祖罗回到了房中。它的妻子玛莱问："亲爱的丈夫，我想把太阳放到我们的房间里，你同意吗？"

祖罗说："当然可以。"

于是，玛莱把天空中的大光球摘了下来，放在了自己的头上，顶着它走到了屋子里。太阳发出的光把房间照得亮堂堂的，祖罗甚至被照得睁不开眼睛了。玛莱把太阳取下来，放到了一个巨大的葫芦里，屋子顿时变得一片漆黑。

玛莱又问道："亲爱的丈夫，我能把月亮挂到空中吗？"

祖罗说："当然可以。"

玛莱从另一个巨大的葫芦里取出了月亮，放在头顶，走出了房间。不一会儿，一轮明月出现在了天空中，它将银白色的光芒柔柔地洒向大地，地上像是铺了一层白霜。之后每一天，玛莱都会轮流把太阳和月亮放到天空中。祖罗也逐渐习惯了这昼夜交替的日子。

时间一长，祖罗开始想念家乡的亲人了，它迫不及待地想要回家看看，可是又舍不得这里的一切。有一天，祖罗突然想："要是我的家乡也能变得像这里这么美就好了！如果能把月亮和太阳带回家乡，那里一定也会变得很美吧！"

这天，趁妻子不在家，祖罗打开了葫芦，切下了一小块太阳和一小块月亮，把它们绑在了自己的腰带上，偷偷地走出了王宫。它心想："太阳和月亮这么大，我偷走一点应该不会被发现。"祖罗找到了那个神奇的蜘蛛网，顺着蛛丝爬了下去。

玛莱回家后，发现祖罗不见了，太阳和月亮各少了一块，急忙把这件事告诉了国王。她一边哭一边说："父王，它一定是带着太阳和月亮回家了！"国王听祖罗说起过它是顺着蛛丝爬上来的，于是带着玛莱跑到了蜘蛛网旁，想要找回祖罗。这时，祖罗已经走远了，国王和玛莱只能隐隐约约看见绑在祖罗腰上的太阳和月亮发出的光。

国王怒吼着："祖罗！你不能带走太阳和月亮，把太阳和月亮还给我们！"这声音像惊雷一般在天空中环绕，可祖罗下定了决心要走，它丝毫不理会国王的话，加快了脚步继续向下爬。国王要气疯了，他叫来士兵，下令让他们去抓回祖罗。

祖罗终于回到了地面，可是抓它的士兵们也紧随其后，来到了地面上。士兵们用花言巧语骗了森林里的动物们，让它们帮忙一起抓祖罗。一时之间，无论是狮子老虎，还是狐狸青蛙，都飞一般地追了出去，想要第一个抓住祖罗。祖罗加快了脚步，飞快地跑着。

这时，一条宽阔的大河挡住了祖罗的去路，它焦急地看着身后马上就要追来的动物们，一把抓起了自己的琵琶，一边弹，一边念起了咒语。神奇的事情发生了，祖罗变成了一根粗粗的棍子。

动物们追到河边，发现祖罗不见了，奇怪地说："祖罗去哪儿了？刚才我还看见它在河边，怎么一眨眼就没影了？"士兵们四下张望着，一个士兵看见对面的森林里似乎有个黑影，就大喊道："在那儿！那个一定是祖罗！"说着，他顺手拿起了祖罗变成的那根木棍，冲着河对岸扔了过去。

木棍一到对岸，就变成了祖罗。它大笑着说："这下你们抓不住我了！"士兵和动物们看了看眼前湍急的水流，望着对岸的祖罗束手无策。

祖罗爬上了一棵大树，把太阳取了下来，挂到了天上。光明出现了！到处都变得亮堂堂、暖洋洋的。祖罗高兴地弹起了琵琶，它边弹边唱：

我的名字叫祖罗，

我讨厌黑乎乎的世界！
我的名字叫祖罗，
我喜欢五彩斑斓的花，
还有美丽的蝴蝶和鸟！
……

伴随着美妙的音乐声，树木变绿了，花变得五彩斑斓，蝴蝶和鸟也开始在天空中起舞。

动物们惊呆了，它们大喊着："太神奇了，太美丽了。这是祖罗的魔法，这是祖罗的功劳，我们应该感谢它！是祖罗赶走了黑暗，是它带来了光明！"

从此之后，所有的动物都成了祖罗的好朋友。

阅 读 心 得

　　祖罗靠勇气来到了光明的国度，用才艺得到了国王的信赖，用智慧将太阳和月亮带到了地上，为大家带来了光明，值得称赞，但是也有一些做法不值得提倡，比如背弃诺言，偷走太阳和月亮，等等。

女孩和青蛙

从前，有一个女孩，她的父亲是一个村落的酋长，她原本一直过着幸福快乐的生活，直到有一天她的母亲去世。女孩的母亲是酋长的第一位妻子，她去世后，酋长就安排女孩和他的第二位妻子一起生活。

酋长有许多妻子，每位妻子都生了一个女儿。这第二位妻子，也就是女孩的继母，心肠不好，她自己生的女儿养尊处优，却让女孩每天干很多活，像奴隶一样。女孩天一亮就要马上起床，然后去提水、打扫卫生、种菜、捡柴火，还要给继母和她的女儿做各种各样的食物，每天的事情多得做不完。更可怜的是，虽然女孩每天从早忙到晚，却只能吃她们吃剩的一点饭菜和锅底的锅巴。

女孩经常坐在水井旁吃东西，并随手丢一些食物给井里的青蛙。日子虽然过得艰辛，但女孩性格乐观开朗。这样日复一日，年复一年，女孩渐渐长大了。

有一天，邻村的酋长让人送来了一封邀请信，说是第二天要举行一场隆重的宴会，盛情邀请酋长一家参加。

女孩听到了这个消息，也很想去见识一下，可是她知道自己肯定去不了。她像往常一样来到井边，一边吃着锅巴，一边给青蛙喂食，突然，一只很大的青蛙从井底爬了出来，伏在她的脚旁，对她说："孩子，明天的宴会你想去参加吗？"

"当然想去，可是我连一件像样的衣服都没有。"女孩沮丧地说。

"这个你不用担心，我有办法把你变得得体漂亮。"大青蛙拍着胸脯说，"明天你早点来这里，会有惊喜等着你。"

可是第二天直到下午女孩才匆匆赶来。大青蛙生气极了，愤怒地指责女孩不遵守约定，让它白白等了大半天。女孩见状，连忙向大青蛙解释。原来，女孩一整天都被其他姐妹指使着干活，帮她们洗脸梳妆、弄头发、烫衣服，还要给她们准备食物，还有一大堆家务活要干。谁都没有说一句要她同去参加宴会，仿佛忘记了她也是这个家庭的一员。等到她们都梳妆打扮好了，女孩才有空出来。

大青蛙听完女孩的解释，消了气，对女孩说："如果你相信我，请把手给我。"女孩毫不犹豫地伸出了手。大青蛙拉着她来到了井底，原来井底住着许多青蛙。

大青蛙把女孩一口吞进肚子里，再把她吐出来，然后询问围过来的青蛙："怎么样？小姑娘现在漂亮吗？"

"我觉得你可以把她变得更好看一些。"一只青蛙说。

大青蛙又把女孩吞进肚子里，然后再次把她吐了出来。

"这次不错，既端庄得体，又美丽大方。"青蛙们一致说。

大青蛙却觉得不够好，它左看右看，从嘴里吐出了一套精致的礼服，还有手镯、头花、耳环等饰品，最后，它又吐出一双精致的鞋——一只金鞋和一只银鞋，大小刚好适合女孩的脚。

女孩换上华丽的礼服，戴上耀眼的珠宝，对着井水左右端详，对自己的模样感到十分满意。

大青蛙对她说："时间不早了，赶快去参加宴会吧，记得等宴会结束时，留下一只金鞋，然后马上回到这里来。"

当女孩匆匆赶到邻村的时候，她的美丽立即引起了邻村酋长儿子的注意。

"看见那个最后出现的女孩了吗？一会儿宴会开始，就把她带到我身边来，她让我印象深刻。"邻村酋长儿子对身边的卫兵说。

于是，女孩一整晚都和邻村酋长儿子待在一起，他们一起吃东西、跳舞、聊天，过得十分开心。宴会快结束时，邻村酋长儿子多次试图挽留女孩，但女孩始终摇头，最后飞快地离开了，临走时留下了一只金鞋。

女孩匆匆跑回井边，发现大青蛙已经在那里等候多时了。大青蛙带着女孩来到井底，把女孩吞进肚子，又吐出来，反复几次，直到女孩变回以前的可怜模样。

宴会结束后，邻村酋长儿子闷闷不乐，邻村酋长问他有什么心事。他拿出那只金鞋对父亲说："我在宴会上认识了一个女孩，她十分合我心意，我却不知道她是谁，只知道她穿着一只金鞋、一只银鞋，走的时候落下了这只金鞋。"

于是，邻村酋长召集所有参加宴会的女孩来试穿这只金鞋。可是，这些女孩的脚不是太大，就是太小，没有一个人的脚能刚好穿上金鞋。几乎所有的女孩都试过了鞋，邻村酋长儿子依然没有找到自己的意中人。

突然一个声音在邻村酋长耳边响起："水井边的女孩还没有来。"邻村酋长马上命令卫兵去水井边寻找，果然带来了那个被人们忘却的女孩。

邻村酋长儿子一见到这个女孩，立即激动地站起身来，他亲自拿着鞋子给女孩穿上，然后拥吻她，并向她求婚。女孩羞涩地同意了。

之后，青蛙家族开始为女孩准备婚礼嫁妆，大青蛙要求每个青蛙准备一份礼物。很快，女孩的嫁妆堆积得像小山那么高了，有被子、毯子、厨房用具等等。大青蛙送的礼物更加贵重，它从嘴里吐出了三张床：一张银床、一张铜床和一张铁床。

当女孩看见青蛙们送给自己的礼物时，她感动得流下了眼泪。

大青蛙指着三张床叮嘱女孩说："听我说，孩子，这三张床有不同的用途，当你的丈夫来时，就请他和你一起睡在银床上；当你觉得情绪低落的时候，就睡在铜床上，它会让你很快开心起来；当你情绪很平静的时候，就选择睡在铁床上。另外，你要尊重夫家的长辈，他们自然会喜欢你；还要善待夫家的仆人，平日给他们一些食物和小费，这样他们就会对你心怀感恩。但是，如果你的继母和你的姐妹来看望你，问你日子过得怎么样，你必须告诉她们你过得很不好，一点也不幸福。请牢牢记住今天我说的话，孩子，我希望你能生活得幸福无忧。"

女孩把大青蛙的话牢牢记在心上，按照它说的去做，她在夫家很受大家尊重，生活得安稳幸福。

有一天，继母带着她的女儿来看望女孩，问女孩过得怎么样。女孩想起大青蛙的话，假装叹了一口气，皱着眉头说："在这里真是度日如年哪！我每天只能吃难以下咽的硬面包。酋长的妻子很多，私下里对我的态度十分恶劣，当然我对她们也不客气，直接把口水吐到她们身上。当我的丈夫在家的时候，我就会冲他大发脾气，还会拿枕头砸他。"

即便如此，继母还是很羡慕女孩夫家的富裕生活，她把自己的女儿打扮成这女孩的样子留在了邻村酋长儿子家里，强逼着女孩跟她回家。

这个女儿为了不露馅，努力模仿着女孩的行为。当遇到邻村酋长的妻子们时，她就冲着她们大吐口水。当看到邻村酋长的儿子时，她就拿起枕头毫不犹豫地砸了过去。

自己的新婚妻子突然性情大变，这让邻村酋长的儿子感到非常奇怪，于是去询问家里的女人。

大家七嘴八舌，纷纷说出自己的不满。有的说，原来的她十分温柔，现在变得暴虐无比；有的说，原来的她礼貌贤淑，现在变得粗鲁无礼；有的说，原来的她善良大方，现在变得面目狰狞。

邻村酋长儿子说："我的感觉和你们一样，原来的她对我十分温柔体贴，现在却总是对我恶语相向，还无端拿枕头砸我。我怀疑这个女人并不是我真正的妻子，而是个假冒货。"

于是，他带领卫兵把这个冒充他妻子的女子抓了起来，经过一番拷问，事情的真相终于水落石出。他们把她押送到女孩家中，并向她的酋长父亲讨要说法。酋长知道事情原委后羞愧得无地自容，发誓要狠狠地惩罚他那位妻子和她的女儿。

与此同时，邻村酋长儿子经过一番努力寻找，终于在水井边找到了正在辛苦劳作的女孩，并把她带回自己身边。女孩心怀感恩地跟丈夫讲起了自己和青蛙们的神奇经历，丈夫听后深受感动，在他家周围建了几口大水井，供青蛙们居住。此后很多年，大青蛙和它的后代们一直快乐地生活在那里。

阅 读 心 得

　　女孩命运坎坷，但因为一直给青蛙喂食物，得到青蛙的多次帮助，最终和邻村酋长儿子生活得很幸福。爱是相互的，心存善念，实施善行，在遇到困难时就会得到他人的帮助。

狗和野兔

很早以前，狗就和人类住在一起，而野兔住在森林里。有一次，狗和野兔相遇了，它们一见如故，成了亲密无间的好朋友。野兔以有狗这样忠诚朴实的朋友而自豪，它希望把狗介绍给自己的家人和森林里的朋友，但是，因为它们居住的环境不同，野兔的愿望很难实现。直到有一天，狗打算开始一段野外旅行，野兔抓住机会把狗邀请到自己家里，留狗在森林里住了很长一段时间。

狗性情温良，品格忠诚，无论和什么动物相处，它都能平等对待，所以，不仅野兔的家人和它相处得很愉快，森林里的其他动物也很喜欢它，动物们纷纷邀请狗在森林里定居。

当时，森林里因为没有一个明确的领袖，所以管理方面显得杂乱无章。为了解决这个问题，动物们决定通过一场选举大会来决定谁来当领导。选举大会的主持人是乌龟先生。乌龟因为年龄大，处理事情沉稳、机智，在森林里一直受大家尊敬。

大家约定下星期六在乌龟家召开选举大会，因为有些动物住得很远，要提前几天出发才来得及赶到这里。

星期六这天，乌龟家里坐满了前来参会的动物，大家非常认真，都希望能选出一个好领导。它们热烈地讨论着到底谁更适合做领导，谁才能把森林管理好。

乌龟先生踏着慢悠悠的步伐走到动物当中，开始宣读候选名单。动物们议论纷纷，大家都对狗的印象非常好，觉得狗是它们心目中理想的人选。于是，越来越多的动物提议让狗来做森林里的领导。

这个提议让野兔的心里感到很不舒服，它没有想到狗在这么短时间内就得到大家的拥护，也许是出于对好朋友的嫉妒，它凑到乌龟跟前，询问道："老前辈，以您的慧眼，根据您的判断，您认为谁最有可能成为我们的领导呢？"

"你的好朋友——狗兄弟呀，我认为它是最好不过的人选，它具备的品格是其他动物身上所没有的。"乌龟肯定地说。

"尊敬的老前辈，您知道吗？狗有不为人知的一面。您也许没有看过，它在个人卫生方面非常糟糕，即使是一堆垃圾、一坨大便，只要能入口的，它都会吃得一口不剩。您真的确定要选它做我们的领导？"野兔说。

其他动物听到野兔的话，一起围了过来。它们看不惯野兔的行为，在这种情况下，作为狗的好朋友，野兔不为狗搭台，反而在这里拆台，这让它们瞧不起。

"请你闭嘴！我们选择的是我们心目中满意的领导，你没有权利干涉，请你靠边站。"动物们纷纷谴责野兔。

这样的场景让野兔感到十分难堪，但是又无可奈何，它只好默不作声地待在一个角落里，看着大家兴致勃勃地讨论。眼看狗就要成为森林里的领导了，它眼珠一转，计上心头，想出了一个办法来阻止这一切。

"乌龟老前辈，我突然想起来，我还有一些紧急的事情要处理，需要出去一下。我会尽快回来的。"野兔对乌龟说。

乌龟准许了野兔的请求。但是，按照选举的规定，所有动物都有权利投出自己的选票，而且必须是每一个动物都参加，选举的结果才有效，二者缺一不可。野兔出去后，大家只有等它回来才能进行有效选举。

就这样，动物们坐在那里等了很久，野兔才回到会场。

"对不起，让大家久等了。"野兔说。

谁都想不到，野兔离开的这段时间，决定了狗的命运。不怀好心的野兔在极短的时间内，找遍了它能找到的各种腐烂的、发出阵阵臭味的食物，它把这些食物收集在一起，用一个袋子装好，带到了乌龟家，把这些食物放在了乌龟家的后院里。它洗干净手，拍了拍身上的衣服。野兔担心有人识破它的伎俩，所以它做得很仔细。

"怎么出去这么久？让大家久等可不是好习惯。"乌龟说。

"实在抱歉，我刚刚花了好长时间，处理好了消化系统方面的问题。"野兔低着头说。

野兔若无其事地回到了座位。动物到齐了，选举正式开始了。

可就在这个时候，狗有点坐不住了，因为腐烂食物的味道正一点点飘了进来，而狗的嗅觉异常敏锐，它感觉到自己的意志正逐渐被这种味道侵占、蚕食。它开始做思想斗争，一方面它明白自己应该坐在这里，按部就班地完成选举；另一方面，它的本能让它坐立不安，它想冲出去找出这味道的来源。最后，还是本能占了上风。

乌龟正要开始宣读最后的投票结果，狗打断了乌龟的话，它诚恳有礼地说："乌龟先生，我需要出去一趟，几分钟就回来。"

"已经到了选举最关键的时刻，你难道不能等几分钟再去吗？"乌龟对狗说。

"这件事情我必须立刻去办，我必须听从内心的召唤，这是我义不容辞的职责，否则我虽坐在这里，内心会惴惴不安。"狗说话的样子很真诚，让人不忍拒绝。

乌龟迟疑了一下，答应了狗的要求。

狗离开会场后，迫不及待地寻找味道的源头。凭着敏锐的嗅觉，不一会儿，它就在乌龟家的后院墙角里找到了一个袋子，就是里面的食物让它无法安坐。它打开袋子，面对着墙角，开始大口大口地吞咽那些食物。

时间一分分过去，会场里的动物们没有等到狗回来，开始抱怨。

"这样不守时不守约的人能不能做好我们的领导？我现在已经开始对它失望了！"有的动物说，其他的动物也跟着附和。

"我早就提醒过大家，狗不配做我们的领导，你们现在相信了吧！"野兔见狗出去这么久没有回来，知道狗已经上了当，便提议道，"要不，我们现在分头去找一找，看看它到底去了哪里。"

于是，动物们纷纷起身，出门寻找狗的下落。

野兔没有走弯路，它来到乌龟家的后院，看见了狗正在啃食东西的背影。它觉得时机成熟了，它的下一步计划就是把那些动物都带到这里，让狗当众出洋相。

野兔回到会场的时候，其他动物正从森林的各处回来，它们当然没有找到狗。野兔兴奋地告诉大家，它已经找到了狗，还说狗已经抛弃了大家，正在独自享受美食带来的快乐。

听了野兔的话，一些动物感到气愤，因为它们大老远地赶到这里开会，狗却因为贪恋美食而白白耽误它们的时间。

可是一些动物并不相信野兔的话，野兔说："眼见为实，既然你们不相信，我现在就带你们去看。我一直和你们说，狗不能做我们的领

导，这是有原因的。现在的它正在乌龟老前辈家的后院吃客人们剩下的厨余垃圾，一会儿你们就会看到狗贪吃的嘴脸。狗如果真的做了我们的领导，在我看来，就是一件丢人的事情。"野兔还在幸灾乐祸。

现在，原来不相信野兔的动物开始对野兔说的话半信半疑，大家跟在野兔身后，来到了乌龟家的后院，眼前的一幕让它们惊呆了：在乌龟家后院的墙角，狗正蜷着身子，低着头，一个劲儿地啃食，院子里充满了腐化食物的臭味。不用说，大家都知道狗吃的是什么东西。还是有一部分动物不相信自己的眼睛，它们的心里还对狗抱着最后一丝希望，它们大声地呼唤着狗的名字。此刻，狗能感觉到其他动物都站在它的身后，看着它，希望它转过身回到它们中间去，成为它们的一员，成为它们的领导。但是，它不能回头，因为它的脸和嘴上满是污秽的食物，一回头形象全无。

所有的动物都对狗十分失望，它们悄然离开后院，回到了会场上，大家再次讨论，最终达成一致，放弃了选狗成为森林领袖的决定。

最后，大象成了森林里的领袖，因为大象在这次选举大会中获得的票数排第二位，而且大象平日里为人忠厚，个头大，力气也大。

这件事后，狗很快就离开了森林，重新回到了人类的世界。但说实话，凭着狗这样忠诚的性格，走到哪里都会受到欢迎的。

阅 读 心 得

狗和野兔是好朋友，野兔却因嫉妒而特意制造让狗难堪的场面，当众揭短，让狗失去了成为森林领袖的机会。平日里称兄道弟，却在关键时刻出卖朋友，这种行为是可耻的。朋友之间互相信任、支持、尊重、包容，友谊才能长久。

亚布拉尼和狮子

很久以前，天上有许多月亮，人们能和动物交谈。在非洲一个山林密布的国家里，住着一个名叫亚布拉尼的小伙子。在当地的语言里，"亚布拉尼"的意思是"带来幸福的人"。亚布拉尼的诞生带给了亲人无限的幸福，因此，他的父母就为他取了这个特别的名字。

善良的亚布拉尼从小就经常帮助别人，这让他自己也感到很幸福。就像他的名字一样，亚布拉尼拥有一种特殊的能力，他能够赶走大家心中的悲伤和痛苦，为人们带来幸福。他的爷爷说，这种能力是人类所特有的，它很强大，也很神奇。

一天，亚布拉尼来到森林里，灿烂的阳光洒在地上，他的心情好极了。就在这时，从不远处传来一阵凄惨的呼救声："救命啊！谁来帮帮我，快让我离开这儿……"亚布拉尼顺着声音找了过去，原来是一只大狮子掉进了猎人的陷阱里。陷阱掩映在荒草丛中，而这只凶猛的狮子正在陷阱里喘着粗气。

"狮子先生，我是亚布拉尼，你怎么会掉进陷阱里呢？"亚布拉尼问道。

狮子可怜巴巴地说："亲爱的小伙子，我不小心被困在了这里，已经一整天都没吃过东西了，求求你帮我离开这里吧。"

亚布拉尼很善良，但他也知道狮子十分凶猛，若是自己将狮子救出来就有可能被它吃掉。于是，他问道："狮子先生，我知道你现在很难受，但是你能保证出来后不伤害我吗？"

狮子急忙承诺道："亲爱的小伙子，你救了我就是我的救命恩人了，我怎么能伤害救命恩人呢？那实在是太没良心了。我保证，我一定不会攻击你的！"

亚布拉尼思考了一会儿，最终还是决定相信狮子。他走到陷阱边，垂下一根绳子，狮子气喘吁吁地顺着绳子爬出了陷阱，长舒一口气坐了下来，慢慢地舒展着四肢。接着，狮子缓缓地转过身来，盯着亚布拉尼认真地说道："亲爱的小伙子，谢谢你救出我。在吃掉你之前，我得先到河里喝点水。"

亚布拉尼震惊地看着狮子，几乎不敢相信自己的耳朵。他十分害怕，却依然使劲地挤出一丝微笑，问道："狮子先生，你是在开玩笑吗？你怎么能做这种事呢？"

狮子不耐烦地说："无论你同不同意，现在都得跟我走，先跟我去河边喝口水，再让我吃掉你，现在我已经饿得不行了。"

"可是你承诺过不会伤害我的，怎么能违背诺言呢？"亚布拉尼愤怒地问道。

狮子伸出爪子，一边轻轻地抚摸着亚布拉尼的头，一边说道："没错，我的确是向你保证过，但是在极度饥饿面前，这小小的承诺又算得了什么呢？"

亚布拉尼鼓起勇气，理直气壮地争辩着："不，这不公平，我救了你的命，你反而要恩将仇报，这一点也不公平！我们可以问问这森林里别的动物，让它们来评评理。"

狮子虽然十分饥饿，但是它不想被看作不讲道理的动物，于是，它同意了亚布拉尼的建议："既然你觉得不公平，那我们就去找别的动物问问看，如果它们也觉得我做错了，那我就让你离开。但是我们最好快点去问，我的肚子已经等不了太久了。"

狮子带着亚布拉尼来到河边喝水，亚布拉尼看见一头又瘦又老的驴正在河边啃着干草，便上前问道："驴子先生，打扰你一下，现在有一件很重要的事关系到了我的生死，我们想问问你的看法。"

驴子抬起头来说："好吧，你跟我说说是怎么回事吧。"

于是，亚布拉尼将事情的经过一五一十地告诉了驴子，他问道："驴子先生，你觉得狮子这样做公平吗？"

驴子低头沉思了片刻，回答道："我觉得狮子这么做很公平。因为你们人类也像狮子一样，只要肚子饿了，就会毫不犹豫地杀死曾经帮助过你们的动物。"接着，驴子又怒气冲冲地抱怨道："就比如我吧，我这一辈子都在为人类劳动，不辞辛苦地帮他们搬运物品，日夜不停地工作，但是现在我老了，干不动活了，人类就开始折磨我，把我扔到了森林里，让我自生自灭。你觉得这公平吗？"

"不公平……"亚布拉尼喃喃地说。他觉得驴子的话确实有一定的道理。

狮子转过身来，冲着亚布拉尼伸出了爪子："你也听到了，驴子是站在我这一边的，现在就让我来吃掉你吧。"

"等一等。"亚布拉尼大声地阻止了狮子的行动，"我们应该多问一些动物，只有驴子的意见是不够的。"

狮子虽然有些不耐烦，但还是同意了亚布拉尼的建议，他们再次上路了。不一会儿，他们碰见了一头正在吃草的奶牛。亚布拉尼急忙将自己救了狮子，狮子却恩将仇报的事情告诉了奶牛，并请它来评评理。

"这很公平。"奶牛眼中满是怒火，"人类总是在做恩将仇报的事。看看我吧，我从小就为人类干活，还把牛奶提供给人类，可是人类又是怎么对我的呢？等我们老了，人类就会狠心地把我们杀死，吃我们的肉，用我们的皮做衣服。这和狮子的做法又有什么不同？所以我觉得很公平，所有动物在饥饿时都可以找东西来填饱肚子。"

亚布拉尼又问了一头鹿、两只小鸟、一只鬣狗和三只小兔子，这些动物都认为狮子吃掉小伙子是一件很公平的事。亚布拉尼彻底绝望了，他失落地想："我再也见不到我的亲人了，再也回不去我温暖的家了……"

这时，亚布拉尼看见一只小豺跑了过来，他的眼中重新闪现出了希望的光彩，他恳求狮子再给他一次机会。

"好吧，既然你不死心，那我就再给你一次机会吧，不过这是最后一次机会了，我的肚子已经咕咕叫了一整天了，不能再等了。"狮子不耐烦地说。

亚布拉尼将事情的经过又叙述了一遍，想要听听小豺的意见。小豺听完后，眨眨眼睛问道："我没有听明白事情的经过，你们能带我到陷阱边让我亲眼看看发生了什么吗？只有搞清楚事情的真相，我才能下结论。"

亚布拉尼和狮子带着小豺来到了陷阱边。小豺探出头，冲着陷阱里看了看，不解地摇摇头："真奇怪，这陷阱这么小，狮子又那么大，怎么可能掉进去呢？"

狮子已经不耐烦到了极点，它一心想快点把亚布拉尼吃掉，于是，它想都没想就一头跳进了陷阱里，说道："既然你不相信，那我就亲自演示给你看吧，我当时就是这样被困在这个小陷阱中的。"

亚布拉尼看了一眼陷阱中的狮子，毫不犹豫地拿起了旁边的陷阱盖子盖了上去。等狮子反应过来时，小伙子和小豺都已经消失在森林中了。

阅 读 心 得

亚布拉尼好心救了狮子，狮子却恩将仇报。面对这一变故，他积极想办法，最终在小豺的帮助下脱险。助人为乐是美德，但在救助他人时也要多留心，要用智慧的头脑和灵活的手段应对变故。对待帮助我们的人，我们要懂得知恩图报。

人物档案册

人物：亚布拉尼

性格1：善良真诚，乐于助人

亚布拉尼看到陷阱中的狮子，生出了同情心。他虽然担心狮子得救后可能会伤害自己，但还是热心地帮助了狮子，将它从陷阱中救了出来。

性格2：聪明机敏，勇敢执着

亚布拉尼在救助狮子前，先让狮子承诺不伤害自己。狮子违背诺言后，他又勇敢地据理力争，说服狮子找其他动物评理。虽然许多动物没有替亚布拉尼说话，但他依然坚持找别的动物，最后终于在小豺的帮助下获救。

人物：狮子

性格：出尔反尔，忘恩负义

狮子为了让亚布拉尼救自己，说尽了花言巧语，还答应得救后不伤害他。但是狮子得救后，立刻将自己许下的承诺抛之脑后，要将自己的救命恩人吃掉，真是忘恩负义。

田鼠和猎人

从前，在森林里住着猎人一家。猎人有一个盲人妻子，还有一个刚出生不久的孩子。为了养活家人，猎人很勤劳，在森林里设了很多陷阱，希望能多猎捕一些猎物。

狮子是森林之王，它希望从猎人那里分一杯羹，于是，它找到猎人，对猎人说："老猎手，我希望你能明白，我才是森林真正的主人，你遍地布设的陷阱，已经侵犯了我的领地。"

猎人并不想和狮子对着干，他问狮子："那我应该怎么做，我们才能和平相处呢？"

狮子说："这个并不难，以你的猎物为准，你猎捕的第一件猎物归你，第二件猎物归我，这样我们就能各自安好了。"

猎人妥协了，他答应了狮子的要求，并和狮子一起去查看陷阱，陷阱里有一只野兔，这算是他们约定后的第一件猎物，自然归猎人。

猎人去山下看望他的朋友，因为路途遥远，需要在朋友家留宿。他的盲人妻子为了找一些肉食，来到了猎人设置的陷阱旁，想看看陷阱里有没有猎物，可是一不小心，自己和背上的孩子都掉进了陷阱里。

看到这一幕的狮子非常高兴，它守在陷阱旁，一心等猎人回来兑现诺言，把他的第二件猎物交给自己。

第二天猎人回到家后，四处寻找妻子和孩子，他顺着脚印来到了陷阱旁，看到了陷阱里的妻儿，同时也看到了一直守在旁边的狮子。

猎人慌忙说道："狮子大人，请听我解释，这个女人是我的妻子，她背上背着的是我的孩子，要不等到第三件猎物，我再……"

"对不起，我们的约定里面可没有这一条。"狮子无情地说，"对于我来说，他们仅仅是猎物。告诉你吧，我闻人类的肉香闻了一夜，能等到你来到的这一刻，已经很仁慈了。"

"两位大叔好。"一只田鼠蹿了出来说，"这里这么热闹，到底发生了什么事情？"

狮子便把事情的来龙去脉说给田鼠听，田鼠听完沉默了一会儿，对猎人说："猎人大叔，既然你们有约在先，那你还是应该遵守约定，不应该因为猎物是你的妻子和孩子就毁约。"

听完田鼠的话，猎人知道没办法了，于是请求狮子允许自己和妻儿告别。狮子觉得他们逃不掉，于是不耐烦地答应了。猎人把他的妻子、孩子救出了陷阱，然后伤心地与他们告别，独自离开了。

田鼠转过身来对狮子说："瞧，我已经劝说猎人离开了，我现在只是觉得奇怪，这个女人和孩子是怎样掉进陷阱里的？狮子大叔，你可以给我演示一下吗？"

狮子信任地点点头，就这样，田鼠、猎人的妻子和孩子站在陷阱旁，狮子模仿着猎人妻子的样子，结果一下子就掉进了陷阱里。

田鼠立即把猎人的妻子和孩子送回了家，猎人感动极了。为了报答田鼠的救命之恩，猎人夫妻邀请田鼠住进了自己家里，田鼠从此成了这个家庭的一员。

阅 读 心 得

在猎人的妻儿即将被狮子吃掉时，田鼠适时出现了。它没有直接与狮子对抗，而是采用迂回诱导的方式将狮子诱入了陷阱。它的成功告诉我们，在面对比我们强大的敌人时，正面对抗的效果不一定好，采用迂回策略也许能收到意想不到的效果。

长翅膀的乌龟

百鸟每年都要在天上举办盛大的宴会，宴会上会准备丰盛的美食，乌龟对这个宴会一直很向往。今年的宴会马上就要开始了，这可急坏了乌龟，它十分渴望参加这个宴会，可是它没有翅膀，没有办法飞到天上去。为此，乌龟找遍了它的鸟类朋友，喜鹊、鹦鹉、燕子等，央求它们想想办法，帮助它参加天上的宴会。

"有翅膀就能飞到天上去，我们帮你做一对翅膀，你的愿望就能达成了。"喜鹊说。

为了让乌龟能飞起来，乌龟所有的鸟类朋友都行动了起来，到森林各处去给乌龟借羽毛，等收集足了羽毛，再把羽毛编织成一对很大的翅膀，绑在了乌龟的脚上。

"现在试试看，能不能飞起来？"鹦鹉说。

在鸟类朋友的指导下，乌龟试了几次，终于飞了起来，朋友们欢呼雀跃，开心极了。

"对了，我们每年参加宴会，都会为自己取一个好听的别名，你打算给自己取个什么名字呢？"燕子问。

乌龟想了半天，得意地说："我就叫大家吧。"

举办宴会的那天，公鸡一打鸣，鸟们就开始启程了，它们都想早点赶到宴会地点。

鸟们结伴飞行，乌龟毕竟是个新手，一会儿就落在了队伍的后面。地上的人们都感到很惊讶，他们对着天空指指点点，说飞在最后的鸟虽然羽毛看上去五彩斑斓，却飞得最笨拙。然而，乌龟却非常享受飞翔的感觉。它第一次从空中俯瞰大地，看到人类小得像蚂蚁，尼罗河像只蜿蜒爬行的蚯蚓，平日里高不可攀的雪山变成了一堆撒了白糖的泥丸。

"哇！飞行的感觉太棒了！"乌龟自言自语道。

经过漫长的飞行，它们终于到达了宴会地点，乌龟看见了听闻多年的美食，它的口水都要流出来了。

早餐开始了，按照往年的规矩，一只大鸟问："今天谁第一个品尝美味呢？"

鸟们异口同声地说："大家来吧！"

"那我就不客气了。"乌龟傲慢地走到餐桌旁，狼吞虎咽地吃了起来。旁边的鸟都愣住了，还没有弄明白发生了什么，乌龟就吃完了所有的食物。

到了中午，丰盛的午餐又摆了一大桌子。大鸟又问道："现在谁第一个品尝美味呢？"

"当然是大家来呀！"鸟们还是齐声回答。

乌龟又一次跑上前去，吃掉了所有的食物。

晚餐的时候，大鸟还是问："晚上轮到谁第一个品尝美味呢？"

鸟们回答道："这次还是大家来。"

乌龟再一次冲上前去，吃掉了桌上美味的晚餐。

晚宴就这样匆匆结束了，所有的鸟都饥肠辘辘，只有这只乌龟酒足饭饱。

大家要返程回家了，鸟们都跑来向乌龟讨回自己借出去的羽毛。

"可是，我没有翅膀就回不去了。"乌龟讪讪地说。

"借的东西总要还，现在是归还的时候了。"鸟们不容分说地围了上来，把羽毛从乌龟身上卸下来，各自拿了回去。

"求求你们帮我一个忙，等你们飞到我家门口的时候，告诉我妈妈在家门前放一个大草堆，好不好？"乌龟央求道。

"放大草堆干什么？"鸟们问。

"我一会儿从天上跳下去，有了草堆，落到地面上时，才不会摔伤啊。"乌龟故作聪明地说。

鸟们先走了，等它们飞到乌龟家时，告诉乌龟的母亲，在它的家门口放一块大石头，来迎接从天上回来的儿子。

后来，乌龟果然摔在了那块大石头上，好在当时是背朝下。在它母亲的急救下，乌龟并没有摔死，只是背上的壳被摔得四分五裂，而且留下后遗症，从此走路特别慢。

直到今天，我们都能看到乌龟驮着它满是裂纹的龟壳慢慢爬行。

阅 读 心 得

在众鸟的帮助下，乌龟参加了天上的宴会，可是乌龟却独自吃掉所有食物，最后被鸟们嫌弃，受到鸟们的惩罚，下场悲惨。所以说，一个人要懂得感恩，要为他人着想，自私自利的人终会被大家孤立甚至厌弃。

斑马如何穿上了条纹衣服

很久以前，有一年，天气久晴不雨，大地上到处旱情严重，水越来越少，水源越来越难找，许多动物都没有水喝。

这一天，一只小斑马哭哭啼啼地从外面回到了家，它对斑马妈妈说："妈妈，我实在太渴了，到处找水喝，终于在一个山坳处找到了一处水源，刚想喝上一口水，却被一只大狒狒赶了回来。"

斑马妈妈听完小斑马的话，便让小斑马带路，一同来到了水源处。果然，一只大狒狒在一堆篝火旁煮着食物，它叉着腰，守着水源，不让它们过去喝水。

"你们还来干什么？难道不知道我是水域霸王？你们是想尝一尝我拳头的滋味？"大狒狒恶狠狠地说。

"这么炎热的天气，有这样一处水源，就应该让大家共同享用，哪里有你独霸的道理！"斑马妈妈反驳道。

"在我这里从来没有什么道理可讲，自古以来胜者为王，你想喝水，那必须问过我的拳头。"大狒狒蛮横无理。

斑马妈妈十分恼怒，它虽然没有十足的把握能打败大狒狒，但是为了小斑马能喝水解渴，为了灭一灭大狒狒嚣张的气焰，它还是奋不顾身地前去迎战。

斑马妈妈和大狒狒打了起来，一会儿斑马妈妈占上风，一会儿大狒狒显得更厉害。斑马妈妈的强项在于它的腿十分修长有力，它的腿一踢到大狒狒身上，大狒狒就疼得嗷嗷直叫。大狒狒也不甘示弱，它的手臂又长又灵活，几次抓住了斑马妈妈的尾巴，使得斑马妈妈十分被动。几十个回合下来，斑马妈妈和大狒狒还是难分胜负。这个时候，年轻的斑马妈妈眼疾腿快，抓住了大狒狒的一个破绽，抬起它的大长腿，一脚把大狒狒踢到了半空中。大狒狒在空中翻了个跟头，然后重重地摔了下来，刚好跌在一块大石头上，屁股被摔得红通通的一片，屁股上的毛都被磨光了。所以直到现在，大狒狒还是顶着一个红屁股到处走动。

斑马妈妈因为用力过猛，一下子重心不稳，也重重地摔了下来，刚好摔在那堆篝火上面。篝火燃烧得正旺，烧着了斑马妈妈身上白色的毛发，等小斑马取来水浇灭了妈妈身上的火花，斑马妈妈的身上已经留下了一道

道黑色的条纹。斑马妈妈带着小斑马奔跑起来，快速逃离了那个山坳，越跑越远，最终跑到了平原。后来，斑马们就在平原上长久定居下来。

大狒狒生性喜欢挑战，它带着它的家人依然在山上的石头间跳跃，每天精神紧张地守卫着自己的领土，接受入侵者的挑战。因为和斑马妈妈打架的时候屁股受了伤，大狒狒为了缓解屁股的疼痛，每次与其他动物打架的时候，它总是高高地翘起自己的尾巴。这个习惯一直延续到今天。

阅 读 心 得

　　大狒狒霸占水源不让小斑马喝水，斑马妈妈为此和大狒狒大打出手，结果两败俱伤。它们的故事告诉我们，公共资源属于大家，不应该被恶意霸占。我们应从自身做起，从细微处着手，合理利用公共资源，让更多人受益。

兔子的奴隶——大象

大象是森林里领导级别的动物，没有别的原因，就是块头大，因此，但凡动物们遇到大事小事，总是要聚在一起开会，等着大象来决断。

这天，动物们又聚集在一棵大树下，为最近发生的一些棘手的事情议论纷纷。

一只兔子从路边经过，看见它们聚在一起感到很奇怪，便问道："天气这么热，大家在这里干什么呢？"

"唉！遇到一些难以解决的问题，在等我们的领导来解决。"猕猴回答道。

"领导？谁是你们的领导哇？"兔子又问。

"大象啊，你不知道吗？"梅花鹿说。

"大象是你们的领导！大象还是我的奴隶呢！"兔子不屑地说。

"什么？怎么可能！你这么矮小，大象那样高大！"动物们一下子炸开了锅。

"高大不代表有权威，矮小不代表没有地位。你们不相信？我告诉你们，我穿着华丽的衣服，坐在大象背上的样子，你们肯定是没有见过的。"兔子用一种威严的语气大声对动物们说，"大象算不上什么领导，也没有能力解决什么问题，大家散了吧，没有必要在这里干等着它。"

说完，兔子大摇大摆地往自己家走。动物们开始摇摆不定，有一些动物选择相信兔子的话，跟着离开了，还有些动物认为兔子在吹牛，选择留下来看看情况。

过了好一会儿，大象才姗姗来迟，它有些诧异地看着会场里稀稀落落的动物。

"今天到会的怎么这样少？"大象问，"发生了什么事情吗？"

"兔子来过了，它的口气大得很，说你是它的奴隶，还让我们不要听从你的领导。有些动物信以为真，所以提前离开回家了。"梅花鹿说。

"什么？小小的兔子竟然口出狂言！看来它是不要命了！"大象气得大喊道，"你们等着，我要让你们看看，到底谁才是奴隶。"

兔子回到家里，已经想到了应对的方法，它从容地躺在床上，叫妻子在床边准备好各种药丸。

这时，兔子妻子的姐妹羚羊跑来告诉兔子，大象正赶往它们家，要找兔子问罪。

兔子开始发出呻吟，并捂着肚子在床上打滚。兔子的呻吟声越来越大，等大象来到兔子家门口的时候，它还没有敲门就听见了兔子的声音。大象可不管这些，它大力敲着兔子家的门，叫道："你这个狂妄的兔子，快给我滚出来，我要跟你算账！"

兔子的妻子开了门，大象冲了进去，看到了在床上打滚的兔子。

"您……好！象……先……生！我……身体……不……舒服！疼……疼……疼！"兔子结结巴巴地说。

"我才不管你身体怎么样！你今天必须跟我去会场，必须向我道歉，必须向所有动物澄清一个事实，那就是：我——不是你的奴隶，我——是它们的领导，也是你的领导。"大象嗓门洪亮且毫不客气地说。

"你，你……说的……都是……事实，可是……你看……我……这个……样子，我……动弹……不得。"兔子装病装得很像，大象看不出一点破绽。

"这件事情没得商量，不管发生了什么，你一定要跟我走这趟。今天，就是背我也要把你背过去！"大象不容置疑地说。

"坐，坐……坐你……背上？"兔子摆出一副很惊恐的样子，"我……真……不想，可是……除了……这个，我……实在……想不出……其他……办法。"

兔子说完，大哭起来，它对妻子说："我……不小心……惹了祸，这次去……凶多……吉少，我是……真的……不想……去。既然……跑……不了，那就……光光彩彩……地……去，就像……是……赴刑场，一定……要……体体……面面。"

兔子吩咐妻子给它拿来新的衬衫、新的裤子、新的皮鞋。它在大象的眼皮底下，装扮得整整齐齐，如同一个即将赴宴的绅士。

大象趴在地上，兔子在妻子的搀扶下跳到了大象的背上，稳稳当当地坐在大象身体的正上方。

"再……等……等，大象……先生。"大象刚要动身，兔子马上喊停。然后它向妻子提出新要求："老婆，太阳……实在……太毒辣，我……感觉……自己坐在……这里，像……一块……老腊肉……一样……被烤着，我……需要……一把……遮阳伞。"

于是，兔子穿着崭新的礼服，打着一把遮阳伞，坐在大象背上，一脸威严地进入会场。当兔子和大象以这样的方式出现在动物们面前时，大家不禁高呼起来："哇！快来看！原来都是真的！兔子真的穿着华丽的衣服，高高地坐在大象的背上，大象真的是它的奴隶！"

大象听到大家的话，呆呆地愣在那里，停步不前。此时兔子轻松地从大象背上跳了下来，走到动物们面前，说："眼见为实，我说过的话都兑现了吧！"

其他动物都大叫起来："兔子先生，我们相信你了，大象是你的奴隶，我们不再认它做我们的领导了！"

大象突然醒悟过来，原来它上了兔子的当。此时，会场上的气氛让它十分难堪，它趁着大伙没注意，急忙偷偷地溜走了。

阅 读 心 得

狡猾的兔子使用计谋达到了自己的目的，但是兔子的欺骗行为不值得提倡。恶意的欺骗虽然可以给自己带来一时的荣耀，但谎言终有被揭穿的一天。生活中还是要多些真诚和善良。

青蛙曼奴

基马纳维萨老爷是一个乐观开朗的人，但是现在，人们总是看到他皱起眉头的样子，听到他唉声叹气的声音。到底是什么事情让他烦心呢？

原来，他烦恼的是他儿子的婚事。

他已经为他的儿子张罗了很多门亲事，可是他儿子都不满意。后来，他的儿子说出了自己的心事：他已经有了心上人，可是她不是生活在大地上，而是远在天上——太阳国王和月亮王后的女儿。

在基马纳维萨老爷看来，这简直是痴人说梦，他怎么能不发愁呢？

但是，小伙子并不灰心，他四处托信使帮他送信。

他找的第一个信使是一头麋鹿，可麋鹿拒绝道："我可以在大地上撒欢奔跑，但没有上天的本事。"

他一点也不气馁，找到第二个信使——一只羚羊，羚羊拒绝道："在陆地上能跑赢我的动物寥寥无几，但是对于送信到天上去这种事情，我真的无能为力。"

小伙子找到了第三个信使——能飞上天的老鹰，老鹰听完他的诉求，拒绝道："也许是你从没有飞到天上去，并不知道天有多高，我虽然能飞，但是没有办法给你送信。"

小伙子又找到秃鹫，据说它能飞得更高，但是秃鹫也拒绝道："十分抱歉，我是能飞得很高很高，但是距离太阳和月亮的高度，还是差太远了。"

没有谁能帮小伙子送信，他忧伤极了。

这件事情传遍了整个草原，大家把这个事情当作一个笑话。然而，就在这个时候，青蛙曼奴从井里跳了出来，它说它能把小伙子的信安全送达。

"陆地上跑得最快的动物，天上飞得最高的鸟，它们都办不到，你怎么能做到？"小伙子疑惑地问。

"既然没有其他办法，为什么不让我试试呢？"青蛙曼奴说。

小伙子还是很怀疑，但是他又抱着一丝希望，把信递给了青蛙曼奴。

"记住了，如果你撒谎欺骗了我，我会用我的拳头对付你。"小伙子说。

青蛙曼奴没有多说话，它来到一口大水井旁，把书信咬在嘴里，一个纵身跳进了井里。小伙子只听见"咚"的一声，往后便没有了动静。

小伙子一直没有离开水井，他在等待青蛙曼奴回来，要知道，青蛙曼奴是他唯一的希望。

过了几天，井里突然传出青蛙呱呱的叫声，小伙子连忙叫人拿来水桶，把青蛙从井里提了出来。

其实这并不是一口普通的水井，太阳和月亮的子民经常会到这口水井来打水，青蛙曼奴和这些子民成了朋友，而这次，它就是在这些朋友的带领下，经过了一个幽黑漫长的通道，终于到达了太阳国王和月亮王后在天空的家。

太阳国王和月亮王后听说了小伙子的故事，读了他写的信，被他坚毅的决心感动，在考虑周全之后，询问了女儿的意见，最后决定把他们的女儿嫁到大地上，给小伙子做妻子。在等到满意的答案后，青蛙曼奴又按原路返回到这口神奇的水井里，迫不及待地把这个好消息告诉小伙子。

基马纳维萨老爷给他的儿子准备了一场盛大隆重的婚礼，新娘出现的方式非常特别——她顺着一根太阳国王自己编制的绳子，坐着一个大花环，缓缓来到大地上。

小伙子和太阳的女儿一直恩爱幸福，还生了很多儿女。他们的后代一直很尊重爱戴青蛙曼奴。

阅读心得

　　小伙子为娶到太阳国王和月亮王后的女儿想尽办法，最终在青蛙曼奴的帮助下，把求婚信送到了太阳国王和月亮王后的手里。太阳国王和月亮王后被小伙子的诚心感动，把女儿嫁给了他。我们遇到困难时，不要轻言放弃，只要找对方法，就能越来越接近目标。

富人与理发师

从前，有一个名叫伊萨的大富豪，大家都称他为"天下第一富有的人"。伊萨一直有一件很烦恼的事，他虽然有很多钱，却没有人来继承他的财产。

伊萨结婚后迟迟没有孩子，他一直为这件事所困扰，但是时间长了，他渐渐习惯了没有孩子的生活，他想："既然我的财产没有人继承，那不如来帮助一些需要帮助的人。"于是，伊萨一听说谁家境贫困，或者谁遇到了困难，马上就会伸出援手。

这下，伊萨的兄弟们着急了。他们三番两次地来找伊萨，跟他说："你不能这样无止境地帮助别人，这样下去，你的钱很快就会送完的。"

伊萨却丝毫不理会兄弟们的劝告，他说："我的钱数也数不清，是不会送完的。"

很快，伊萨的名声越传越远，许多人来向他寻求帮助。伊萨对这些人有求必应，只要找上他，不论认识不认识，他都会慷慨地给他们一大笔钱。有时候，伊萨还会把乞丐和穷苦的残疾人接到自己家中，让他们饱餐一顿，再送给他们一些金币。伊萨的兄弟们本来想着等伊萨死后能够瓜分他的财产，现在见他把钱财分给了穷人，一个个都快气疯了。

伊萨帮助了数不清的人，他的财产分完了，有时候，他甚至需要跟别人借钱才能吃上饭。伊萨的兄弟们觉得即将到手的财产全都飞走了，便开始狠狠地嘲笑他："我们早就跟你说过不要这么慷慨，你不听我们的劝告。现在你变成这个样子完全是活该！既然你那么善良，那么慷慨，那就继续帮助穷人吧！"但不论兄弟们怎么讽刺，伊萨还是一如既往地帮助别人。只要有一点钱，他就会分给穷人，只要有一点食物，他就会和别人一起分享，就连路边流浪的小动物他也会照顾。

一天晚上，伊萨梦到一个人和他说："明天会有一个穷人去找你，到时候你狠狠地用棍子打他，你就会得到财富，你打得越使劲，得到的财宝就越多。同时，你的妻子也会怀孕，你们将会得到一个男孩子，到时候你要给孩子取名叫'塞伊杜'。"

梦到这里，伊萨突然惊醒了，他半信半疑地想："这难道是上天给我的预言吗？如果明天真的有穷人来，我就要试试看，如果没人来，那就把它当成一个普通的梦吧。"伊萨祈祷了一番，找了根棍子放在了门后。

第二天直到傍晚时分，有一个叫苏爱卜的理发师来找伊萨。他是伊萨专属的理发师，每隔一段时间，他就会上门来为伊萨理发。理发师像往常一样让伊萨坐在椅子上，开始为他理发。突然，理发师看见了门后放的棍子，就好奇地问："先生，为什么门后放了一根棍子？"伊萨不想把自己的梦告诉任何人，就顺口说："那是用来打懒惰的人的。"

快理完发时，一个穿得破破烂烂的穷人走了进来，他没有跟任何人打招呼就走到了伊萨面前，一声不吭地站在那儿。伊萨一下子想起了昨晚的梦，他急忙叫理发师停下来，走过去拿起了门后的棍子，冲着穷人使劲地抽打起来。穷人一下子被打倒在地，在地上翻滚着，却依然一声不吭。理发师看不下去了，他急忙阻止伊萨。伊萨却丝毫没有停手，他一边打一边跟理发师说："你根本不知道发生了什么事，就不要乱说话了。"

突然，奇怪的事情发生了，当穷人在地上打滚时，地上出现了厚厚的一层金币，他每滚一下就有一层新的金币出现。伊萨见状抽打得更起劲了，直到精疲力竭才停下来。

理发师被这一幕惊呆了，他暗想："原来抽打穷人就会得到财富，怪不得伊萨如此有钱。"最后，伊萨把地上的金币全都收集起来，他慷慨地送给理发师十个金币，让他离开了。

从伊萨家里出来后，理发师像是丢了魂一般，他迫不及待地想要试试伊萨的方法。于是，理发师在路边折了一根粗树枝，做了根木棍，拿着木棍来到了穷人们居住的地方。

夜幕降临了，穷人们三三两两地拿着采摘的果子回到家。就在这时，理发师举着棍子冲到穷人们的家中，发疯一般用棍子抽打那些穷人，期望能够像伊萨一样得到金币。其他穷人见状一起扑了过来，齐心协力打倒了理发师，用绳子把他捆了起来，送到了酋长的家中。

酋长听说这件事后，决定把理发师送到国王那里，让国王来处置。国王听说理发师欺负了穷人，便愤怒地问道："这究竟是怎么回事？"穷人们七嘴八舌地把事情的经过告诉了国王，大家一边说，一边撩起自己的衣服，让国王看伤口。国王看后安慰道："你们放心，我一定会狠狠地处罚他的。我会让他的脚戴上重重的铁链。"

理发师急忙辩解道："尊敬的国王陛下，请您先听听我的故事再来决定怎么处置我吧。今天傍晚，我去给伊萨理发，理到一半时一个穷人走了进来，伊萨拿起棍子使劲地抽打穷人，地上就出现了许多金币，他打得越厉害，金币就越多。"说着，理发师连忙从兜里掏出了十个金币，继续说："你看，这就是当时他送给我的金币。"

在场的人谁也不相信理发师的话，他们对国王说："国王陛下，这个家伙一定是害怕受处罚所以撒了谎，世界上怎么会有这么不可思议的事呢？我们只要叫伊萨来问一问就知道他说的是不是真的了。"

于是，国王派人将伊萨叫到了王宫中，问他理发师说的是否是事实。伊萨转了转眼珠，回答道："尊敬的陛下，理发师在撒谎。您想一想，我已经有那么多钱了，为什么还要那么干呢？"

理发师见伊萨不肯说实话，就狠狠地瞪着他。可伊萨却像没有看见一样，他继续说："说起来，我也觉得他今天有些奇怪，今天他给我理发理到一半就跑了。"说着，伊萨扭过头去，让国王看了看他没有理完的头发。

理发师气急败坏地大喊："伊萨先生，你怎么能昧着良心说话呢？你敢发誓你今天下午在抽打穷人的时候没有得到金币吗？"接着他又冲着国王说："陛下，我没有说半句假话，您要是不相信的话，可以让人抽打伊萨，只有这样他才能说实话。"

国王早就没了耐心，他大声地喝令理发师住嘴，又让卫兵把他带到监狱里去。

这时，伊萨跪了下来，对国王说："陛下，如果您不反对的话，请把理发师交给我，让我来教育他。我保证，三天以后他一定会改邪归正的。要是三天后我还不能制服他，那我会把他再送到王宫来，到时候您再把他关进监狱也不迟。"

国王同意了伊萨的建议。于是，伊萨走了过去，拉住理发师的胳膊说："走吧，满地都是金币，只有傻瓜才不去拿。"伊萨的话把在场的人都逗得哈哈大笑。

伊萨将理发师带回家后，将自己做的梦讲给他听，然后对他说："苏爱卜先生，你只看到了事情的表面，在不了解事情原委的时候就盲目地模仿我，实在是太不应该了。"

理发师这才明白过来，他为自己的行为感到羞愧。伊萨把理发师送回了家，他们依然像之前一样相处。每次理发的时候，他们提到这件事时都会开怀大笑。

过了一个月，伊萨的妻子怀孕了，又过了一阵子，他的儿子出生了。伊萨整天都高兴得合不拢嘴，他按照梦里的提示给孩子取名叫"塞伊杜"。

至于理发师呢？虽然事情已经过去很久了，但依然有人拿这件事取笑他，他也有了一个外号，叫"殴打穷人的苏爱卜"。

善良的伊萨毫无私心地帮助别人，虽然散尽了家财，但最终幸运地实现了愿望。理发师只看到了事情的表面就盲目地模仿，结果弄巧成拙，还被人嘲笑。我们做人做事要心怀善念，还要学会透过表面现象看清事物的本质。

鬼鬼祟祟的猎人

佩德罗是个勇敢的小伙子，今年十六岁，再过两年他就成年了。他总是梦想着自己能做出惊天动地的事情，成为大家心目中的英雄。因此，当他听父亲说起村子附近出现鬼鬼祟祟的猎人时，觉得机会来了。

父亲在饭桌上说："最近周边的几个村子里许多户人家丢了鸡、鸭和猪。可是治保员金阿诺却说他巡夜的时候并没有发现什么异常，但我们还是怀疑有小偷在夜间潜入。"

"那金阿诺有没有见过什么可疑的人？"佩德罗问。

"金阿诺倒是说他看到过一个鬼鬼祟祟的猎人。这个人长得又高又壮，脸上长着络腮胡。"父亲说。

佩德罗对这个鬼鬼祟祟的猎人十分上心，他心里嘀咕着，这个治保员金阿诺真是个酒囊饭袋，竟然让一个鬼鬼祟祟的猎人出现在自己的地盘上，还任由家禽被盗，束手无策。

"如果我跟金阿诺一样有一支猎枪，一定要把这个鬼鬼祟祟的猎人揪出来，让一切水落石出。"佩德罗暗暗地说。

之后的一周，佩德罗开始秘密调查。他每天都会站在自己家的房顶巡查，看看会不会有可疑的人出现在他的视野里。他确实发现一些平日里注意不到的事情，比如治保员金阿诺的儿子——托马斯总是会在傍晚的时候和邻居家的小女孩去对面的小山上玩耍。

在那个注定有事情发生的傍晚，夕阳映照出红彤彤的晚霞，映衬着远方的树林，真是美丽极了。正当佩德罗沉浸在这美丽景色里的时候，远方的树林里出现了一个佩德罗不认识的身影——一个高大而又强壮的男人，他的腋下还有一把猎枪。佩德罗紧张起来，他知道他的目标——那个鬼鬼祟祟的猎人出现了。更让他怒不可遏的是，这个鬼鬼祟祟的猎人竟然走进了佩德罗父亲的树林里。

佩德罗一溜烟地来到了邻居——木匠海梅的家。

"海梅大叔，坏事了，有一个鬼鬼祟祟的猎人出现在我父亲的树林里。"佩德罗气喘吁吁地说，"你跟我去一趟好不好？我们一起抓住他。"

"佩德罗，你看我这里有一摊子活要干呢，我正在赶工呢。"海梅说，"我真没有时间跟你胡闹。"

"我说的每一句话都是真的，不信你去看看，我真担心他这次要偷走我父亲圈养的所有动物，求你了。"佩德罗央求道，"要不，把你的猎枪借给我，我一定会把这个鬼鬼祟祟的猎人带回来。"

"开什么玩笑！佩德罗，你还没有成年呢！"海梅说完接着干他的木工活，不再理会佩德罗。

佩德罗失望得很，但是他并不泄气，他想："我就是单枪匹马也要擒住这个鬼鬼祟祟的猎人。"于是，他往父亲的树林方向飞奔而去。

他在路上一直想，一会儿要怎么对付这个猎人，却一直没有想出好办法。而就在这个时候，他与猎人相遇了。

"喂！站住，你这个鬼鬼祟祟的人！"佩德罗呵斥道。

"你说我鬼鬼祟祟，那你又是谁？"对方并没有恼怒，而是笑着反过来问他。

"这个问题不是你该问的！"佩德罗一点都不胆怯，他正义凛然地说，"我总算看清楚了你的真实面目，和金阿诺描述得一个样，高高大大，一脸络腮胡，还有一支不离手的猎枪。今天算你倒霉，竟然闯进我父亲的林地，现在没有条件可讲，跟我走吧！"

猎人听完佩德罗的话，竟然哈哈大笑，问道："让我跟你走，你打算领着我去哪里呢？"

"当然是我家里，见到我的父亲，我会说出你的行径，阻止你继续偷盗。"佩德罗说。

"我身上带着枪，难道你不怕？要是我半路逃跑，你又怎么办？"猎人追问道。

"哼，想都别想。我可是这一带出了名的飞毛腿，你要是跑了，我会穷追不舍，并且大声喊叫，金阿诺听见了，就会带领全村人把你抓住，然后五花大绑，甚至把你送进牢房，你就要把牢底坐穿了。"佩德罗说。

"这样说来，我只能乖乖跟着你回家了。"猎人说。

佩德罗不由分说地拉住了猎人的外套，把他往自己家里带。一路上猎人十分顺从，一点想逃脱的迹象都没有。

佩德罗的心里简直乐开了花，他浮想联翩：用不了几天，他徒手抓到鬼鬼祟祟的猎人的事情就会在附近传开来，就连八十岁的老人和三岁的孩子都会对他竖起大拇指，夸奖他勇气可嘉，他将成为人们口里真正的英雄。而那些平日里不把他放在眼里的同学，都要对他刮目相看……

佩德罗把猎人带回家里，将猎人关进了他家的后院，兴冲冲地大叫起来："爸爸！妈妈！你们快来看，我抓住了这个鬼鬼祟祟的猎人，他现在就在我们家后院！他带着猎枪，还有一个袋子，里面一定是他偷盗的东西。"

他的父母亲闻声急匆匆地来到后院。

"不要太惊奇！为你们有这么勇敢的儿子而骄傲吧！"佩德罗跟在他们身后得意地说。

可是，令佩德罗惊讶的一幕发生了，父亲见到猎人，愣了一下，立即伸出双臂来抱住猎人，说道："亲爱的米基里尔兄弟，真没有想到，竟然用这种方式迎接你，真是抱歉。"

猎人也伸出双臂来拥抱佩德罗的父亲，原来他们是多年不见的好朋友。

"佩德罗，这是你米基里尔叔叔，我给你讲过的那位传奇人物，他在很多地方捕捉过老虎。他千里迢迢来到我们家做客，怎么就被你当作是鬼鬼祟祟的猎人抓回来了呢？"父亲说。

"我，我，我真是糊涂哇！米基里尔叔叔，真的，真的对不起！"佩德罗说话支支吾吾，不好意思地低着头，脸红通通的。

"爸爸，你从来都没有说过米基里尔叔叔要来我们家，要是你说过，我也不会把叔叔关到后院哪！"佩德罗埋怨道。

本来以为孤身抓住鬼鬼祟祟的猎人，可以让自己成为英雄的佩德罗，没有想到转眼就要变成大家的笑柄，他的心里百般不是滋味。

"佩德罗，你是我见过的最勇敢的小伙子。当你认为我是坏人，要把我抓回来时，那种勇气深深震撼了我。对自己认为是正确的事情，即使面临危险也不惧怕，你长大了一定能成为一个真正的男子汉。"米基里尔叔叔说。

佩德罗没想到米基里尔叔叔没有为刚才发生的事情生气，还用这样的话肯定地评价他，这种鼓励让他认识到自己的另一面，即使日后人们用这件事情来笑话他，他也不会在意。他觉得自己勇气可嘉，并没有做错什

么。

米基里尔叔叔在佩德罗家里住了下来，抓到了那个真正的鬼鬼祟祟的"猎人"——几只经常来偷吃的狼。这期间，佩德罗和米基里尔叔叔成了非常要好的朋友。

佩德罗长大后，经常和米基里尔叔叔一起去森林里捕猎，要知道非洲的森林里总是危机重重，那里是佩德罗大展拳脚的地方。

阅读心得

佩德罗一心想成为英雄，错把米基里尔叔叔当作鬼鬼祟祟的猎人抓回家。米基里尔叔叔没有责怪他，反而夸奖他勇气可嘉。佩德罗的勇气值得称赞，虽然他在那个过程中犯了一点小错，但这也是对他成长的鼓励。

曼丁之狮——松迪亚塔

预 言

松迪亚塔是曼丁国国王马甘·孔·法塔的儿子。马甘·孔·法塔国王爱民如子，亲切和善，深受百姓爱戴。每天闲暇时，国王都会坐在首都尼亚尼的一棵木棉树下和百姓聊天，了解百姓的心声。

有一天，国王像往常一样坐在树下，百姓都围绕在他周围。这时，一个英姿飒爽的猎人走了过来。猎人一眼就认出了人群中的国王，他径直走上前去，对国王说："尊敬的国王陛下，向您致意。我来自桑加朗，一路追逐一只母鹿来到这里。按照传统，我射中猎物后应该向这片土地的主人敬献猎物的一部分，现在我将猎物的一部分敬献给您。"说完，猎人从口袋中拿出一条鹿腿，恭恭敬敬地献给了国王。

国王的格里奥①尼昂库曼·杜阿上前接过鹿腿，说："你是一个正直

---

① 格里奥是撒哈拉以南非洲世代相传的诗人、口头文学家、艺术家和琴师的总称。古代格里奥一部分进入宫廷，担任国王和酋长的史官、顾问、传话人。另外一部分格里奥为行吟艺人，他们带着简单乐器周游四方，传授知识。

的人，国王欢迎所有正直的人。桑加朗的猎人是最好的先知，你们接受过大师的教导，去过许多地方，也经历过许多事情，你愿意把自己的见闻和我们分享吗？"猎人点点头，对尼昂库曼·杜阿说："我的确接受过许多教导，也经历过许多事情。接下来我说的话都是完全真实的，绝无半句虚言。"

说完，猎人坐了下来，从口袋中掏出十二枚贝壳，反复将它们扔在草席上，口中还念念有词。尼昂库曼·杜阿目不转睛地盯着猎人，他注意到猎人是个左撇子。他们一向认为，如果是平民百姓，左撇子可能意味着他是一个恶人；如果是巫师，左撇子则意味着他是一个巫术精湛的巫师。过了好长时间，猎人才抬起头，对国王说："生命充满了奇迹，伟大都出自渺小。如同植物的种子，幼时都很渺小，有些种子经历风雨的考验后长成了参天大树，有些种子却只能长成不起眼的小草。谁能想象得到这样一个孩子未来会成为伟大的国王呢？国王陛下，有两个陌生人即将出现。"说完，猎人看着城门的方向。

众人随着猎人的目光一起看向城门，可是那里什么也没有。猎人又将贝壳扔在草席上，说："命运早有安排！曼丁国即将迎来光辉的时代！"

尼昂库曼·杜阿疑惑地说："你的话实在太高深莫测了！你能为我们指点迷津吗？"

猎人看向国王，微笑着说："国王陛下，您真正的继承人还没有出生。未来您的一个孩子会成为一位伟大的国王，带领曼丁国创造辉煌！我看见两个猎人正带着一个驼背的女人向这里走来，那个女人会成为您的妻子，她会生下您真正的继承人。那个孩子将会比北方的亚历山大大帝还要伟大！"说完，猎人拾起草席上散落的贝壳，起身离开了。

过了些日子，两个猎人带着一个姑娘出现在城里。猎人径直来到国王面前，对他说："尊敬的国王陛下，我们向您和您的子民致意。我们来自德沃国，想送给您一位王后。"国王朝猎人的身后一看，只见一个蒙着面的驼背女子跪在后面。虽然看不清姑娘的长相，但是可以看出她身形健壮，肌肉突出。国王好奇地问："两位勇敢的猎人，我想知道这位姑娘从哪里来？"

两个猎人你一言我一语地说了起来。原来这两个猎人是一对兄弟，他们十二月份出发去打猎，在德沃国遇到了两个受伤的猎人。据他们说，德沃国有一头非常厉害的水牛，它到处肆虐，毁坏了许多庄稼。德沃国的国王许诺谁能够杀死水牛，就把全国最漂亮的姑娘嫁给他。许多勇士都前去尝试，但是谁都射不穿水牛的皮肤，反而被发怒的水牛弄伤。猎人兄弟也想去试试运气，就往水牛出现的方向走。

在路上，猎人兄弟遇到一个哭泣的老妇人，见她哭得伤心，就问她出了什么事。老妇人说："我饿得太厉害了，请你们给我一些食物吧。"猎人兄弟见老妇人很可怜，就分给她一些牛肉。老妇人吃完牛肉后，说："我知道你们打算去杀死水牛，但是这水牛的皮肤刀枪不入，你们不容易成功。你们今天好心给我食物，所以我要报答你们。实话告诉你们，我就是那头水牛。我已经杀死了上百个猎人，咬伤几十人，德沃国的国王想找猎人杀死我，到现在也没有成功。我本来是德沃国王的妹妹，但是他侵占了我的财产。为了报仇，我才变成了水牛。现在我已经做完了想做的事情，没有遗憾了。为了报答你们，我愿意把打败水牛的办法告诉你们。"

兄弟俩听了老妇人的话，又惊又喜，急忙询问打败水牛的办法。老妇人接着说："我只有一个条件。等你们打败水牛后，国王会让你们挑选全国最漂亮的女子，到时候你们一定要挑那个驼背、凸眼、肌肉发达，长得奇丑无比的女子，她是我的化身。如果能制服她，她将会变成伟大的女人。"

兄弟俩毫不犹豫地答应了老妇人的要求。在老妇人的指点下，兄弟俩顺利打败了水牛，并把水牛的尾巴割下来交给了国王。国王看到水牛尾巴，高兴极了，将全国的姑娘都聚集到一起，让兄弟俩挑选。在一群貌美如花的姑娘中，兄弟俩一眼就看见了那个奇丑无比的姑娘，他们依照约定选择了那个姑娘。国王和百姓都哈哈大笑起来，认为他们是昏了头。但是不论别人怎么说，兄弟俩依然坚定地带着这个名叫松克隆·凯珠的姑娘离开了德沃国。

曼丁国王马甘·孔·法塔听完这个故事，一下子就想到了之前那位猎人的预言。于是，他决定按照传统举行盛大的结婚仪式，迎娶这个驼背姑娘松克隆。曼丁国的各个村庄以及盟国都派了使者，从四面八方赶来参加这场盛大的婚礼。

出　生

婚后，国王对松克隆宠爱有加，每次出征回来，都会挑选最好的战利品送给松克隆。没多久，松克隆怀孕了。这时，大王后萨苏马很不高兴，她原本一心想着自己的儿子能继承王位，但是现在松克隆怀孕了，这个希望很有可能落空，再联想到之前猎人的预言，萨苏马更是嫉妒不已。萨苏马暗暗召集许多有名的巫师来对付松克隆，但是有三头猫头鹰始终保护着松克隆，巫师们根本伤害不了她。

为了让松克隆的孩子顺利降生，国王从全国找来九个最好的接生婆。松克隆分娩那天，明明是正午时分，却突然间天昏地暗。此时正值旱季，天上却突然下起了暴雨，狂风大作，电闪雷鸣。没想到孩子刚一出生，雨就停了，太阳也重新露出了脸。松克隆生下了一个王子。国王很喜欢这个孩子，百姓也纷纷庆祝着这个预言中的"伟大的国王"的诞生。国王给他取名为马里·迪亚塔，人们也叫他松迪亚塔。

随着松迪亚塔渐渐长大，人们发现他和一般的孩子有些不一样。他到三岁还不会走路，只能在地上慢慢地爬。他很少说话，整天都垂着大脑袋呆坐在房间里，不知道在思考些什么。如果有别的孩子找他玩，他就会用那双结实的手臂狠狠地打他们。渐渐地，孩子们都不愿意和松迪亚塔玩了。

松克隆想尽办法教松迪亚塔走路，可是不论她怎么教，松迪亚塔都学不会。国王对松迪亚塔失望了，他心想："这个孩子这么笨，怎么可能成为伟大的国王呢？也许松克隆的第二个孩子才是预言中的孩子吧。"过了几年，松克隆又陆续生下两个女儿，一个叫珂珑康，一个叫贾玛茹。国王渐渐变得心灰意冷，不再宠爱松克隆。

国王又娶了新的王后，一年后，这位王后也生下了个男孩。国王给他取名为曼丁·波里，并让占卜师替这个孩子占卜。占卜师说这个孩子长大后会成为伟大的国王的帮手。国王看着七岁了还在地上爬的松迪亚塔，心中疑惑不已："难道这个不会走路的孩子真的会成为那位先知猎人所说的'伟大的国王'吗？"尼昂库曼·杜阿在旁提醒国王，不要忘了那位先知曾经说过的话——"生命充满了奇迹，伟大都出自渺小"。

国王渐渐老去，他把松迪亚塔叫到身边，对他说："孩子，我马上就要离开这个世界了。现在我要送给你一个礼物。每个曼丁的国王都有属于自己的格里奥，我的格里奥是尼昂库曼·杜阿，他的孩子巴拉·法赛盖会成为你的格里奥，也会成为你最好的朋友。他会教给你我们国家的历史，也会把祖先流传下来的本领教给你。你出生前曾经有一位先知预言你会成为伟大的国王，希望你不辜负自己的使命。如果预言成真，希望你不要忘记我们的祖先。"

松迪亚塔看着父亲，似乎听懂了父亲的话，他点点头，把巴拉·法赛盖叫到自己身边，对他说："从今以后你就是我的格里奥了。"

觉 醒

不久之后，国王去世了。大王后萨苏马帮助自己的孩子丹卡朗·图曼夺走了松迪亚塔的王位，并把松克隆和她的三个孩子赶出了王宫，让他们住在一个破破烂烂的小房子里。为了稳固丹卡朗·图曼的王位，萨苏马到处宣扬松迪亚塔不会走路的事实，并让百姓排着队去看这个七岁还不会走路的王子。百姓纷纷议论着这个奇怪的孩子。

松克隆受到众人的围观和嘲笑，常常在深夜哭泣，但为了养活三个孩子，她还得坚强地生活下去。她在房子后面种了许多蔬菜和粮食。有一次，松克隆想要去城外摘几片猴面包树的树叶做调料。萨苏马正好看到了这一幕，她嘲笑道："没想到你会自己去摘树叶。我的孩子七岁的时候早就会走路，会帮我摘猴面包树的树叶了，你的孩子呢？你怎么不让他去摘呢？"

松克隆又气又恼，她回到家看见松迪亚塔正在地上爬，气得大喊起来："都是因为你我才会受到这样的羞辱！"松迪亚塔了解事情的经过后，大声说："妈妈，从今天开始我就要走路了！我会帮你干活的！你是只要猴面包树的树叶呢，还是要整棵猴面包树呢？"松克隆说："亲爱的孩子呀，如果你真能做到的话，就把整棵猴面包树都搬来吧。"

接着，松迪亚塔让巴拉·法赛盖去打造一根很重的铁棍。铁匠打完铁棍后，找了六个学徒，气喘吁吁地把铁棍抬到了松克隆的家。松迪亚塔爬到铁棍前，先把铁棍竖直立向天空，然后抓着铁棍一使劲，让自己双膝跪地。接着他双手沿铁棍向上挪动，手臂上肌肉鼓起，大喝一声，双膝离开了地面，他站起来了！起初，他的双腿还抖个不停，不一会儿，他就站稳了，甚至放开了铁棍。豆大的汗珠从他的头上滚落下来，松迪亚塔咬着牙，用尽全身力气，迈出了第一步。松迪亚塔终于会走路了！

会走路的松迪亚塔一口气跑到城外，一下子把整棵猴面包树拔了起来，扛在肩上带回家，种在了自家的院子里。松克隆看见自己的孩子会走路了，流下了喜悦的泪水。

很快，松迪亚塔就在巴拉·法赛盖的帮助下学会了许多知识和本领，知道了曼丁历代国王的故事。松克隆让他明白了为什么水牛是母亲的化身，狮子是父亲的守护神。等他长到十岁时，已经成了一个勇敢的男孩子。松迪亚塔的弟弟曼丁·波里成了他最好的朋友，巴拉·法赛盖也和他们形影不离，守护着两位王子。还有一群伙伴聚集在他周围，甚至包括邻国的王子们。

太后萨苏马见松迪亚塔越来越厉害，就想害死他。萨苏马找来全国最厉害的九个巫婆，让她们杀死松迪亚塔，并许诺重金酬谢她们。巫婆们摇摇头说："太后，这世上所有的事都有因果。我们无缘无故地杀死松迪亚塔，实在不符合天理。如果我们这么做的话，上天会惩罚我们的。"太后说："松迪亚塔会成为国家的灾难。明天你们去他的菜园里摘菜，他一定会狠狠地打你们，到时候你们就能理直气壮地杀死他了。"

第二天，松迪亚塔像往常一样和朋友们去打猎，他们一口气捉到了十头大象。回到家后，松迪亚塔发现有九个老妇人在偷菜，他不但没有生气，反而大声说："老婆婆，你们不必偷菜，这菜本来就是大家的，你们尽管拿吧！"他一边说，一边又摘了许多菜送给巫婆。巫婆笑着说："我们不是来偷菜的。太后派我们来杀你。现在我们发现自己错怪好人了，希望你能原谅我们。"松迪亚塔大笑着说："这都是小事。我们刚捉了十头大象，送你们一人一头吧。"巫婆们被松迪亚塔感动了，都发誓要保护他。

过了一段时间，老国王的第三个王后去世了。松克隆收养了她的孩子曼丁·波里。为了保护几个孩子不受萨苏马的迫害，松克隆打算带孩子们离开。此时，国王丹卡朗·图曼也故意派巴拉·法赛盖到索索国去，让他不能再帮助松迪亚塔。松迪亚塔愤怒地走进王宫，对自己的哥哥说："每个国王都有属于自己的格里奥。巴拉·法赛盖是我的格里奥，谁也抢不走。你夺走了我的王位，又夺走了我的格里奥，我一定会回来报仇的。"

流　浪

之后，松克隆带着孩子们开始了辗转流浪的生活。他们历尽了艰难险阻，也受尽了非人的折磨。七个雨季后，松迪亚塔长大了，成了一个文武双全的年轻人。

这一天，松克隆带着孩子们来到了捷德巴城，国王曼萨·孔孔是一个能力高强的巫师，他十分同情松克隆的遭遇，把他们收留在王宫中。松克隆一家在王宫中住了两个多月。在这里，松迪亚塔的弟弟曼丁·波里喜欢上了国王的小女儿。国王的小女儿偷偷地告诉曼丁自己的父亲最擅长玩瓦里，经常让人和他对弈。松迪亚塔警告弟弟要注意分寸，以免惹怒国王。

有一天，国王曼萨·孔孔派人叫来松迪亚塔，对他说："你来这儿已经两个多月了，我们还没有好好地谈过心。现在我们来玩一局瓦里吧，如果我赢了，我就要杀掉你。"原来太后萨苏马偷偷派人给曼萨·孔孔送来了金银珠宝，让他想办法杀掉松迪亚塔。

松迪亚塔毫不犹豫地答应下来，他反问道："如果我赢了呢？"

国王一愣，答道："如果你赢了，可以要走任何东西。不过我要提醒你一下，我还从来没有输过。"

松迪亚塔不慌不忙地说："如果我赢了，我不要别的，只要墙上那把大刀。"

国王一口答应下来，他摆好棋子，和松迪亚塔对弈起来。几个回合之后，松迪亚塔取得了胜利，国王惊讶地张大了嘴巴，他对松迪亚塔说："萨苏马让我杀掉你。现在你赢了，我不会杀掉你，但是我也不会把那把刀送给你。现在你们离开吧。"

松迪亚塔冷冷地说："谢谢你这两个多月的招待。但是请你记住，我还会回来的。"

就这样，松克隆和孩子们离开王宫，重新开始流浪。

不久之后，他们一行人来到了太蓬国。太蓬国的国王不愿意得罪萨苏马，也不愿意得罪松迪亚塔，他建议松迪亚塔去瓦加杜国。太蓬国国王的儿子法朗·卡马杜是松迪亚塔的好朋友，他对松迪亚塔说："朋友，我长大后会成为新的国王，这里的所有军队都会听我命令。到时候我一定倾尽全力帮助你。"松迪亚塔感激地握住了法朗·卡马杜的手，对他说："到时候你一定会成为我的大将，我们一起努力，打败所有的敌人。"

瓦加杜国的国王热情地接待了松克隆一家，把他们照顾得无微不至。曼丁·波里对这种照顾感到有些惶恐，松迪亚塔却毫不在意，心安理得地接受了国王安排的一切，甚至还对仆人们提出了新的要求。国王很欣赏松迪亚塔的这种态度，他对别人说："有朝一日他一定会成为伟大的国王。到时候所有的人都会听他指挥，因为他有一种能让人臣服的力量。"

松克隆一家在瓦加杜国过得很快乐，但是瓦加杜国的气候太干燥了，松克隆不适应这样的环境，没多久就生病了。为了松克隆的健康，瓦加杜国的国王派一个商队把他们送到气候湿润的麦马王国去，那里的国王是他的表兄。

在路上，松迪亚塔和商队的人成了好朋友，他请他们讲述了许多见闻，以增长自己的见识。麦马王国的国王慕沙·东卡拉接到表弟的信后，热情地接待了松迪亚塔一行人。慕沙·东卡拉国王没有儿子，于是他带着年轻的松迪亚塔南征北战，打了许多胜仗。松迪亚塔成了国王最信任的助手。三年之后，麦马王国的国王封十八岁的松迪亚塔为国家的副王，帮助他处理政务。

曼丁被占

与此同时，松迪亚塔的家乡曼丁国正遭受着灾难。

当时，丹卡朗·图曼国王让松迪亚塔的格里奥巴拉·法赛盖出使索索国，索索国的国王苏毛罗·康坦扣下了巴拉·法赛盖。苏毛罗·康坦国王在索索国修建了三层城墙，又建起了八层的高塔。有一次，巴拉·法赛盖趁苏毛罗·康坦不注意，偷偷溜进了高塔中第八层的密室，发现那里挂满了人皮，还摆放着被苏毛罗·康坦杀死的九个国王的人头。密室的另一面墙上摆着一个架子，上头放着一个水壶，还有几只猫头鹰在架子上休息。巴拉·法赛盖一开门，水壶里的毒蛇就露出了头，猫头鹰也都转过头盯着他。巴拉·法赛盖急忙念起咒语，毒蛇和猫头鹰恢复了平静。在屋子里，巴拉·法赛盖还发现了一把木琴，他不由自主地上前弹奏起来。毒蛇和猫头鹰都沉浸在悠扬的琴声中，那九个人头也露出了笑容。

苏毛罗·康坦很快就感应到有人在弹奏他的木琴，他迅速回到密室，发现了巴拉·法赛盖。这时，巴拉·法赛盖一边弹奏一边唱了起来：

伟大的苏毛罗·康坦国王啊，

我向你致敬！你是穿着人皮的国王。

我向你致敬！你是坐着人皮的国王。

我向你致敬！你是精通巫术的国王。

我向你致敬！你是征服了各国的国王。

苏毛罗·康坦国王听到这首曲子，心中的怒火一扫而光，他高兴地说："这首歌太棒了。你不要回曼丁国了，就留在这里做我的格里奥吧！"

苏毛罗·康坦国王巫术十分高明，他用巫术征服了许多国家，杀死了九个国王。他无恶不作，人们都称他为暴君。他最喜欢的事情就是当众鞭打德高望重的老人，他甚至夺走了自己外甥法考利·科罗马的妻子。为了报夺妻之仇，法考利·科罗马召集了跟苏毛罗·康坦有仇的人，打算一起报仇。曼丁国的国王也加入了讨伐苏毛罗·康坦的队伍。苏毛罗·康坦得知这件事后勃然大怒，他率领军队打败了曼丁国王，还在曼丁国首都尼亚尼放了一把火。曼丁国王见势不妙，急忙逃跑了。苏毛罗·康坦占领了曼丁国，抢占曼丁国王的妹妹娜娜做自己的妻子。

曼丁国的百姓打算齐心协力赶走苏毛罗·康坦，但是他们缺少一个首领。这时，有人想到了松迪亚塔——这位预言中"伟大的国王"。人们派出信使去寻找松迪亚塔。信使找了许多地方，终于在麦马国找到了松迪亚塔。他对松迪亚塔说："现在曼丁国遇到了危险，国王逃跑了。请您回去带领大家一起解救曼丁国吧。只有您才能救大家。"松迪亚塔思考了片刻，答道："现在家乡有难，我必须回去。"

松迪亚塔向麦马国的国王道别，他说："敬爱的国王，现在我的家乡有难，我必须回到家乡。但是我的母亲已经去世，请允许我将她安葬在这里。"

国王愤怒地说："你在这里得到的东西难道还不够多吗？你现在想一走了之，实在是忘恩负义。如果你要让你母亲安葬在这里，就必须付一笔钱，现在马上就要给我。"

松迪亚塔思考了片刻，拿来一只篮子，里头放着几块破破烂烂的瓦块、几根稻草和一些鸡的羽毛。国王看了更生气了，他命令松迪亚塔将这些破烂带走。这时，有大臣说："陛下，松迪亚塔的东西都是有寓意的。他的意思是如果您不愿意让他的母亲埋葬在这里，他就会率兵来打仗，到时候这里就会变成一堆破瓦和稻草，成为野鸡的住所。"

国王听了这话，想起松迪亚塔在战场上帮助自己作战的样子，犹豫片刻后原谅了他，同意把他的母亲安葬在这里。松克隆享受了王室规格的葬礼。

返回曼丁

麦马国王让松迪亚塔带着一半的军队返回曼丁国，对付苏毛罗·康坦。瓦加杜国的国王听说这个消息后，也派出军队支援松迪亚塔。

在返回家乡的路上，曼丁·波里担心地问："哥哥，咱们势单力薄，能够打败厉害的苏毛罗·康坦吗？"

松迪亚塔毫不犹豫地说："藤蔓虽然小，也能缠住闯入者。两军交战勇者胜，只要有勇气，有信心，就一定能胜利。"

松迪亚塔首先赶往太蓬国，他仍然记得和自己的好朋友法朗·卡马杜的约定，如果打仗要让他当大将军。苏毛罗·康坦早已得知松迪亚塔集结军队的消息，但他觉得松迪亚塔不过是个毛头小子，不值得他亲自出战，于是派儿子索索·巴拉去阻挡松迪亚塔。索索·巴拉在通往太蓬国的路上设下了埋伏，想要将松迪亚塔的军队一网打尽。松迪亚塔派出的探子很快发现了这个埋伏。松迪亚塔决定连夜作战，打败索索·巴拉。索索·巴拉没想到松迪亚塔的军队会在夜里偷袭，被打了个措手不及，很快就落败了。松迪亚塔的军队勇猛如虎，俘虏了许多敌人，索索·巴拉与松迪亚塔战了一个来回，自知不敌，就灰溜溜地逃跑了。

索索·巴拉狼狈逃回索索国后，对苏毛罗·康坦说："父亲，松迪亚塔像狮子一样勇猛，不可小看哪！"苏毛罗·康坦这才知道自己轻敌了，决定率领部队亲自出战。他把交战的地点选在一个山谷中，原本他打算把松迪亚塔引到平原，然后利用人数优势碾压松迪亚塔的部队，但是松迪亚塔没有给他这个机会，他迫不得已选择在山谷迎战，让士兵们密密麻麻地分布在山谷周围。

此时的松迪亚塔手下已经有五个兵团：麦马的骑兵团、步兵团，瓦加杜的骑兵团、步兵团，外加法朗·卡马杜带来的兵力。松迪亚塔精心制定了战术，他亲自率领骑兵冲在战争第一线，让弓箭手紧随其后。

勇猛的松迪亚塔很快就率领骑兵像箭一样冲破了苏毛罗·康坦设下的步兵防线，然后拉成纺锤型向外扩散，后方的弓箭手迅速插入"纺锤"内部，在骑兵的掩护下射出暴雨般的利箭，将苏毛罗·康坦的士兵射得人仰马翻。在战争中，松迪亚塔射伤了苏毛罗·康坦的儿子。为了替儿子报仇，苏毛罗·康坦冲了出来，两人展开一场激烈的大战。松迪亚塔勇猛异常，快到苏毛罗·康坦身边时猛然掷出长矛，没想到那长矛却像碰到岩石一样滑了下来。松迪亚塔又夺过士兵的长矛，策马朝苏毛罗·康坦奔去，但是精通巫术的苏毛罗·康坦却突然消失了，松迪亚塔十分震惊。这时曼丁·波里指着远处说："哥哥，看那边。"松迪亚塔定睛一看，苏毛罗·康坦竟然出现在远方的山脊上。松迪亚塔明白了这是苏毛罗·康坦的巫术在作祟。

苏毛罗·康坦很快逃走了，松迪亚塔取得了这场战争的胜利。所有反对苏毛罗·康坦的人听说这个消息后，都聚集到松迪亚塔的周围，打算和他一起彻底消灭苏毛罗·康坦。松迪亚塔率领大军来到了西比平原，准备进行最后的决战。苏毛罗·康坦也重新集结部队，准备再次向曼丁发起攻击。

决 战

松迪亚塔知道要战胜苏毛罗·康坦，除了要在战场上取胜外，还得破除他的巫术。于是，他向西比平原的先知求助。这时，苏毛罗·康坦的妻子娜娜和巴拉·法赛盖逃出了索索国，来到西比平原。娜娜从小就十分同情自己这个不会走路的兄弟，她将自己的遭遇告诉了松迪亚塔。原来，娜娜被苏毛罗·康坦抢占后，每日以泪洗面，后来明白这样毫无益处，于是就曲意逢迎，做了苏毛罗·康坦的宠妃。苏毛罗·康坦十分信任她，将她带到密室，告诉了她巫术的秘密。她一边对苏毛罗·康坦百般献殷勤，一边暗中联系巴拉·法赛盖，终于找到机会逃了出来。巴拉·法赛盖见到松迪亚塔也是万分兴奋，他激动地说："亲爱的松迪亚塔，雄狮已经挣脱了铁链，你的命运开始显现了。你的行动会让你走向辉煌，我的语言会让你的美名永垂史册。"

与此同时，被苏毛罗·康坦抢了妻子的法考利·科罗马也跑来投奔松迪亚塔，他对松迪亚塔说："兄弟呀，你有复国之志，我有夺妻之恨，让我们联合起来，共同对抗可恶的苏毛罗·康坦吧。我给你带来了一批技艺精湛的铁匠，还有一群骁勇的战士。"就这样，法考利·科罗马开始与松迪亚塔并肩作战。

决战的时刻终于到来了。决战前夜，松迪亚塔下令杀了几百头牛，让战士们吃饱喝足，养精蓄锐，准备进行最后的战斗。巴拉·法赛盖对松迪亚塔说："王国就像人一样，会生长、壮大，也会灭亡。之前瓦加杜国十分强大，但是后来它逐渐衰落了，取而代之的是索索国。现在，轮到曼丁国强大了。你像雄狮一般威严有力，像水牛一样粗壮结实，也是预言中伟大的国王，愿你明天能带领大家在战场上用战刀创造辉煌。格里奥是语言的巧匠，我会向后人诉说你史无前例的功勋、前所未闻的壮举，无愧于我的先人。"松迪亚塔看着巴拉·法赛盖，坚定地点点头。

第二天，松迪亚塔身先士卒，带着士兵们发起了最后的攻击。所有的士兵都拼命厮杀着，为了正义，为了复仇，为了保家卫国。这是一场声势浩大的战斗，在这场战斗中，无数的人无悔地献出了自己的生命。最后，松迪亚塔的军队占据了上风，他拿起一支用白鸡爪做的特制的箭，对准苏毛罗·康坦狠狠地射了过去。箭射在了苏毛罗·康坦的肩膀上，苏毛罗·康坦知道自己的巫术已经被破了，吓得落荒而逃。松迪亚塔和法考利·科罗马知道不能放过苏毛罗·康坦，就沿着马蹄印一路追击。他们一直追到傍晚，也没有找到苏毛罗·康坦的踪影。但是从此之后，再也没有人见过苏毛罗·康坦。

战争结束后，失去了国王的索索国彻底土崩瓦解了。为了复仇，松迪亚塔放火烧了索索国，将它变成了平地。

返回故乡

继打败苏毛罗·康坦后，松迪亚塔又打败了几个原来效忠苏毛罗·康坦的国家，带着大军返回曼丁。途中，他们经过德沃国，那是他母亲松克隆的故乡。德沃的百姓在当年杀死水牛的地方堆起了一个土丘，松迪亚塔在土丘上杀了一只白公鸡祭祀亡母。他从德沃国派了一个使者携带着礼物去麦马国，偿还了母亲坟地的债务。在通往曼丁的必经之路——卡巴，松迪亚塔召开了代表大会，准备和参战的诸国分配土地和财物。但草原的十二个国王都宣誓效忠松迪亚塔，每个王国都派了一支军队随松迪亚塔回首都尼亚尼。

松迪亚塔带领军队进入曼丁后，曼丁的每个村庄都为松迪亚塔举行了空前盛大的庆祝仪式，欢迎国家的新国王，一个伟大的国王。松迪亚塔命人重建了首都尼亚尼，制订了严格的制度来反对强权，遏制贪婪，保护百姓。在他的统治下，曼丁呈现出勃勃生机。许多其他地区的百姓都慕名前来投靠松迪亚塔，自愿成为他的臣民。就这样，曼丁之狮松迪亚塔成了伟大的国王，带领着曼丁国建立了新的辉煌！

阅 读 心 得

　　从一个七岁还不会走路的孩子成为举世闻名的大英雄、伟大的国王，松迪亚塔的成长之路不是一帆风顺的，而是充满磨难，饱经历练的。他在成长路上表现出的勇气、毅力、智慧值得我们钦佩和学习。

我的读书笔记

WO DE DUSHU BIJI

作品名：《非洲民间故事》

主要人物

那比努：一个聪明机灵的年轻人。《世界上最长的故事》

亚布拉尼：一个真诚善良的小伙子。《亚布拉尼和狮子》

伊萨：一个慷慨善良的富人。《富人与理发师》

巴瓦：一个喜欢自我吹嘘的人。《爱吹牛的丈夫》

木匠：一个既善良又贪心的人，善良为他带来了好运，

贪心却带走了好运。《贪心的木匠》

内容概述

《非洲民间故事》精心选取了一些流传于非洲民间的经典故事，如《胆小的王子》《亚布拉尼和狮子》《带来光明的兔子》等。这些故事语言朴实，情节生动，人物活灵活现，生动形象地展现了非洲的风土人情，反映了非洲人民对真诚、正直、善良、智慧等美好品质的向往和追求。

德高望重　精疲力竭　恻隐之心　生死之交　失魂落魄
心急如焚　胸有成竹　一鼓作气　狼吞虎咽　浩浩荡荡
振振有词　孤苦伶仃　亭亭玉立　衣衫褴褛

① 雨水铺天盖地而来，浸润着每一寸空气，仿佛在对人们说："这一刻，我是世界的主宰，我是一切。"

② 不一会儿，一轮明月出现在了天空中，它将银白色的光芒柔柔地洒向大地，地上像是铺了一层白霜。

① 我们要说到做到，遵守诺言，只有这样才能获得别人的尊重和信任。

② 我们要学会珍惜自己已经得到的东西，不能让贪婪毁了自己。

《非洲民间故事》的文化背景在遥远的非洲，但是其中蕴含的道理却同样值得我们深思。通过阅读，我们能够学到诚实、勇敢、守信、宽容等品质，了解一点非洲人民的生活习惯和文化特色，从中获得教育和启迪。

《非洲民间故事》读后感

假期里，我读了一本非常有趣的书——《非洲民间故事》。在我的印象中，非洲是一片距离中国比较遥远的大陆，气候炎热干旱。读完这本书后，我对非洲有了新的认识。

在《非洲民间故事》里，真、善、美始终是被歌颂的品质，善有善报、恶有恶报的观念在一些故事中也有所体现。许多故事的主人公具有勇敢、善良、守信等优点，并最终得到了应有的回报，比如《亚布拉尼和狮子》中的小伙子亚布拉尼，《鬼鬼祟祟的猎人》中的小伙子佩德罗。与之相对应，故事中贪婪、吝啬、言而无信、恩将仇报的人也都受到了惩罚，比如《贪心的木匠》中的木匠。

在读《非洲民间故事》时，我发现动物是不可或缺的元素，兔子、鬣狗、牛、驴、蜘蛛、狮子等动物都在故事里出现过，这些动物被塑造得有血有肉，还有自己独特的性格和想法。例如《驴和牛》中忠厚老实的牛和狡猾的驴，《带来光明的兔子》中勇敢聪明的兔子，等等。我想这可能是因为在非洲大陆上生活着许多动物，人类和动物在同一片土地上和平共处，动物是他们生活中不可缺少的伙伴。

我还发现，在很多故事中都有"歌曲"的形式出现。歌舞和故事是非洲人娱乐的主要方式。在故事中夹杂歌曲，也是非洲民间故事特有的形式，它让故事更加活泼，也让我们能够身临其境地感受非洲人民的热情和才艺。

非洲民间故事是流传在非洲大陆上的瑰宝，更是全人类的文化宝藏。在这些故事里，我感受到了非洲独特的风土人情，更学到了许多人生道理。

《非洲民间故事》读后感

我从小就喜欢听爸爸妈妈讲故事，等我长大后，妈妈就给我买故事书，让我自己读书。最近妈妈又给我买了一本书，书名是《非洲民间故事》。我一打开这本书就深深地被吸引了。其中，我最喜欢的一个故事是《富人与理发师》，讲的是大富豪伊萨和他的理发师苏爱卜之间的趣事。

伊萨是远近闻名的大富豪，他结婚后一直没有孩子，他为他的财产没有继承人感到很困扰。伊萨非常善良，他不顾兄弟们的反对，把自己的财产慷慨地送给了需要帮助的穷人，哪怕自己变穷了也不在乎。后来，伊萨梦到了一个重新获得财富和得到孩子的办法。第二天，伊萨正在理发时，梦里提到的穷人来找他了。伊萨按照梦中的指示抽打了穷人，从而得到了许多金币。理发师苏爱卜十分羡慕伊萨，他模仿伊萨的样子，到穷人的住所拼命地抽打穷人，但他不仅没有得到金币，还被穷人们送到了国王那里。理发师把自己在伊萨家里看到的情景告诉了大家，可是却没人相信他。伊萨救了理发师，并把事情的真相告诉了他。理发师这才醒悟过来，他为自己的莽撞行为感到羞愧。伊萨最终也如愿以偿地有了孩子。

读了这个故事，你是否和我一样觉得理发师盲目而可笑呢？是否也和我一样对善良的伊萨敬佩不已呢？伊萨同情穷人，愿意竭尽全力地帮助穷人，他不仅感动了我们，也感动了上天，在梦中得到了启示，获得了财富和梦寐以求的孩子。故事中的富人伊萨值得人们尊重，善有善报的结局也说明了付出终有回报和助人者天助之的道理。

理发师只看到了伊萨抽打穷人得到金币的行为，却没有看到他之前的付出，更不知道他得到了梦中的启示，就盲目模仿伊萨，结果差点被国王治罪，还落了个被人嘲笑的下场。这告诉我们，在日常生活中，我们不能只看表面，更不能盲目地去羡慕别人，模仿别人。

通过这个故事，你学到了什么呢？相信你和我一样，明白了看事情要透过现象看本质，不能因羡慕别人就简单机械地模仿，而是要先动脑筋思考别人取得成绩的原因，然后通过自己的努力获得成功。同时，我们也要向伊萨学习，学习他助人为乐的精神，学习他帮助理发师脱险的机智，学习他原谅理发师的宽容，做像伊萨一样善良、有同情心、聪明的人！